AF196058

Die Seele voll von Frühlingsträumen

Geschichten & Legenden
Mit Bildern von Carl Larsson

Schenken heißt,
einem anderen etwas geben,
was man am liebsten
selbst behalten möchte.

Selma Lagerlöf

Selma Lagerlöf

Die Seele voll von Frühlingsträumen

Geschichten & Legenden

mit Bildern von Carl Larsson

benno

Bibliografische Information der Deutschen Nationalbibliothek
Die Deutsche Nationalbibliothek verzeichnet diese Publikation in der Deutschen Nationalbibliografie; detaillierte bibliografische Daten sind im Internet unter http://dnb.d-nb.de abrufbar.

Besuchen Sie uns im Internet:
www.st-benno.de

Gern informieren wir Sie unverbindlich und aktuell auch in unserem Newsletter zum Verlagsprogramm, zu Neuerscheinungen und Aktionen. Einfach anmelden unter www.vivat.de.

ISBN 978-3-7462-6510-0

© St. Benno Verlag GmbH, Leipzig
Zusammenstellung: Volker Bauch, Gößnitz
Umschlaggestaltung: Karen Münch-Thornton, München
Titelbild: Carl Larsson, Azaleen, 1906
Gesamtherstellung: Kontext, Dresden (B)

Inhalt

Wenn man alles gelesen und
alles wieder vergessen hat, was
dann übrig bleibt, das ist Bildung.

Carl Larsson

Das Frühlingsfest

Nun aber wollte es der Zufall, dass, als der Student sich schlafen legte, ein kleiner Bursche mit gelber Lederhose, grüner Weste und weißer Zipfelmütze auf dem Dach vor seinem Mansardenfenster stand und dachte, wenn er an Stelle dessen wäre, der jetzt da drinnen in seinem Bett lag, so würde er sehr glücklich sein.

Dass Niels Holgersen, der noch vor ein paar Stunden in einem Büschel gelber Sumpfdotterblumen am Ekelsundsvik gelegen und gefaulenzt hatte, sich jetzt in Upsala befand, daran war der Rabe Bataki schuld; er hatte Niels zu dem Abenteuer verlockt.

Der Junge selber hatte es sich am allerwenigsten träumen lassen. Er lag in dem Blumenbüschel und starrte zum Himmel empor, als er Bataki oben zwischen den davonziehenden Wolken fliegen sah. Der Junge wollte sich am liebsten vor ihm verstecken, aber Bataki hatte ihn schon gesehen, und einen Augenblick später stand er mitten zwischen den Dotterblumen und sprach so, als seien er und der Junge die besten Freunde von der Welt.

So finster und feierlich Bataki auch aussah, Niels konnte doch merken, dass er einen Schelm im Auge hatte. Er hatte ein Gefühl, als wenn der Rabe gekommen sei, um sich lustig über ihn zu machen, und er hatte beschlossen, sich an nichts zu kehren, was er auch zu ihm sagen werde.

Der Rabe begann nun damit zu sagen, er fände, er schulde Däumling einen Ersatz dafür, dass er ihm nicht erzählen könne, wo das Bruderteil war, und deswegen sei er nun gekommen, um ihm ein anderes Geheimnis anzuvertrauen. Bataki wisse nämlich, wie jemand, der so verwandelt worden war wie er, wieder zum Menschen werden könne.

Der Rabe hatte ganz fest geglaubt, dass der Junge sofort anbeißen würde, wenn er ihm einen solchen Köder auswarf. Stattdessen aber antwortete Niels sehr abweisend, dass er wisse, er könne wieder Mensch werden, wenn er den weißen Gänserich erst glücklich nach Lappland hinauf- und dann nach Schoonen zurückbringen könne. „Du weißt, es ist keine Kleinigkeit, einen Gänserich glücklich durch das Land zu bringen", sagte Bataki. „Es könnte nicht schaden, wenn du noch einen anderen Ausweg wüsstest für den Fall, dass dir dies misslingen sollte. Machst du dir aber nichts daraus, es zu wissen, so werde ich schon meinen Mund halten." Und dann antwortete der Junge, er habe nichts dagegen, dass ihm Bataki das Geheimnis erzähle.

„Das will ich auch tun", sagte Bataki, „aber erst im rechten Augenblick. Setz' dich auf meinen Rücken und gehe mit mir auf eine Reise, dann wollen wir sehen, ob sich nicht eine passende Gelegenheit bietet!" Da wurde der Junge wieder bedenklich, denn er wusste nie, wie er mit Bataki dran war. „Du wagst wohl nicht, dich mir anzuvertrauen", sagte der Rabe. Niels konnte es aber nicht ertragen zu hören, dass es irgendetwas geben sollte, wovor er bange war, und im nächsten Augenblick saß er auf dem Rücken des Raben.

Dann flog der Rabe mit ihm nach Upsala. Auf einem Dach setzte er ihn ab, bat ihn, sich umzusehen, und fragte ihn dann, was er wohl glaube, wer in dieser Stadt regiere.

Der Junge sah über die Stadt hinaus. Sie war ziemlich groß und lag entzückend mitten in einer großen, gut bebauten Ebene. Da waren viele Häuser, die ansehnlich und vornehm aussahen, und oben auf einem Hügel lag ein stattlich gebautes Schloss mit zwei schweren Türmen.

„Da wohnen vielleicht der König und seine Mannen?", fragte er.

„Das ist gar nicht übel erraten", antwortete der Rabe. „In alten Zeiten hat der König hier seinen Sitz gehabt. Aber nun ist es vorbei mit der Herrlichkeit."

Der Junge sah sich noch einmal um, und da bemerkte er vor allen Dingen den großen Dom, der in der Abendsonne dalag mit seinen drei hohen, glitzernden Türmen, seinen stattlichen Portalen und den reich geschmückten Mauern. „Vielleicht wohnt hier ein Bischof mit seinen Geistlichen?", fragte er.

„Das ist gar nicht übel erraten", sagte Bataki. „Hier haben einstmals Erzbischöfe gewohnt, die so mächtig waren wie Könige, und noch heutigen Tages wohnt hier ein Erzbischof, aber der regiert hier jetzt nicht."

„Dann weiß ich nicht, was ich raten soll", sagte der Junge.

„Die Gelehrsamkeit wohnt und regiert hier in der Stadt", sagte der Rabe, „und die großen Gebäude, die du überall siehst, sind ihr und ihren Leuten zu Ehren errichtet."

Das wollte Niels kaum glauben. „Komm du nur mit,

dann wirst du schon sehen!", sagte der Rabe und sie flogen hin und besahen die großen Häuser. An verschiedenen Stellen standen die Fenster offen. Der Junge konnte hier und da hineingucken, und er sah, dass der Rabe recht hatte.

Bataki zeigte ihm die große Bibliothek, die vom Keller bis zum Boden voller Bücher war. Er führte ihn nach dem stolzen Universitätsgebäude und zeigte ihm die prächtigen Vorlesungssäle. Er flog an dem alten Gebäude vorüber, das Gustavianum heißt, und durch die Fenster sah der Junge ausgestopfte Tiere. Sie flogen über die großen Treibhäuser mit den vielen fremdländischen Pflanzen, und sie guckten auf das Observatorium hinab, wo das große Fernrohr zum Himmel hinauf gerichtet stand.

Sie schwebten auch an vielen Fenstern vorüber und sahen alte Herren mit einer Brille auf der Nase. Die saßen und schrieben oder lasen in Zimmern, deren Wände ganz mit Büchern bedeckt waren, und sie flogen an Mansardenstübchen vorüber, wo die Studenten, so lang sie waren, auf ihren Sofas lagen und über dicken Büchern schwitzten.

Schließlich ließ sich der Rabe auf einem Dach nieder. „Kannst du nun sehen, dass das, was ich sagte, wahr ist? Die Gelehrsamkeit herrscht hier in der Stadt!" Und der Junge musste einräumen, dass er recht hatte. „Wäre ich nicht ein Rabe", fuhr Bataki fort, „sondern ein Mensch so wie du, so würde ich mich hier niederlassen. Ich würde tagaus, tagein in einer solchen Stube voller Bücher sitzen und alles lernen, was darin steht. Hättest du nicht auch Lust dazu?" – „Nein, ich glaube, ich möchte lieber mit den Wildgänsen reisen", antwortete der Jun-

ge. – „Möchtest du nicht einer von denen werden, die Krankheiten heilen können?", fragte der Rabe. – „Ach ja, vielleicht." – „Möchtest du nicht einer von denen werden, die alles wissen, was sich in der Welt zugetragen hat, die alle Sprachen sprechen und sagen können, was für Bahnen Sonne und Mond und Sterne am Himmel beschreiben?", sagte der Rabe. – „Freilich, das könnte ja ganz erbaulich sein." – „Hättest du nicht Lust, den Unterschied von Gut und Böse, Recht und Unrecht kennenzulernen?" – „Das könnte ja ganz nützlich sein", sagte der Junge, „das habe ich oft bemerkt." – „Und hättest du nicht Lust zu studieren und Geistlicher zu werden und daheim in der Kirche zu predigen?" – „Vater und Mutter würden sich schrecklich freuen, wenn ich es so weit brächte", antwortete der Junge.

Auf die Weise machte der Rabe Niels begreiflich, dass die Menschen, die in Upsala wohnen und studieren konnten, glücklich seien, aber bisher hatte Däumling noch nicht gewünscht, einer von ihnen zu sein.

Dann traf es sich aber, dass das große Fest zu Ehren des Frühlings, das alljährlich in Upsala gefeiert wurde, gerade an diesem Abend stattfand. Es hatte eigentlich am ersten Mai stattfinden sollen, aber da goss es in Strömen vom Himmel herab, und das Fest ward auf einen anderen Tag verschoben.

Und so ging es zu, dass Niels Holgersen die Studenten zu sehen bekam, als sie nach dem Botanischen Garten hinauszogen, wo das Fest gefeiert werden sollte. Sie kamen in einem großen, breiten Zug daher mit weißen Mützen auf dem Kopf und die ganze Straße war wie ein dunkler Fluss voll weißer Wasserrosen. Vor dem Zuge her wurden weiße goldgestickte Fahnen getragen, und während des ganzen Marsches sangen sie Frühlingslieder. Niels hatte die Empfindung, als sängen sie nicht selbst, als begleite der Gesang sie über ihren Köpfen hin schwebend. Ihm war es, als sängen nicht die Studenten zu Ehren des Frühlings, sondern als sitze der Frühling irgendwo verborgen und singe den Studenten etwas vor. Er hatte nie eine Ahnung davon gehabt, dass Menschengesang so klingen könne. Es war wie ein Sausen in Tannenwipfeln, wie Klang von Stahl, wie der Gesang wilder Schwäne am Strande.

Als die Studenten in den Garten kamen, wo die Rasenplätze mit dem ersten feinen hellgrünen Gras bedeckt waren und die Blätter der Bäume im Begriff standen, die Knospen zu sprengen, stellten sie sich vor einer Rednertribüne auf, die ein alter Mann bestieg, um eine Ansprache an sie zu halten.

Die Rednertribüne war auf der Treppe vor den großen Treibhäusern errichtet, und der Rabe setzte den Jungen auf das Dach des Treibhauses. Da saß er in guter Ruhe und sah und hörte. Der alte Mann auf der Rednertribüne sagte, das Beste im Leben sei, jung zu sein und seine Jugendjahre in Upsala zu verbringen. Er sprach von der guten, friedlichen Arbeit bei den Büchern und der reichen, lichten Jugendfreude, die nirgends so genossen werden könne wie in dem großen Kameradenkreis. Das mache die Arbeit so vergnüglich, ließe die Sorgen so leicht vergessen, mache die Hoffnung so licht.

Der Junge saß da und sah auf die Studenten herab, die in einem Halbkreis um die Rednertribüne standen, und ihm ging das Verständnis dafür auf, dass es nichts Schöneres gebe, als zu diesem Kreis zu gehören. Das war ein Glück und eine große Ehre. Jeder Einzelne wurde zu etwas mehr, als er sonst gewesen sein würde, wenn er zu einer solchen Schar gehörte.

Nach der Rede wurde wieder gesungen, und auf den Gesang folgten von Neuem Reden.

Der Junge hatte nie eine Ahnung oder einen Begriff davon gehabt, dass man Worte so zusammensetzen konnte, dass sie Macht erhielten zu rühren und erfreuen und begeistern, so wie diese.

Niels hatte hauptsächlich die Studenten angesehen, aber er bemerkte doch, dass sie nicht die Einzigen im Garten waren. Da waren auch junge Mädchen in hellen Kleidern und feinen Frühlingshüten sowie viele andere Leute. Aber es erging ihnen wie dem Jungen, es schien, als seien sie nur gekommen, um die Studenten zu sehen.

Hin und wieder entstand eine Pause zwischen den Reden und dem Gesang, und da zerstreute sich die Schar über den ganzen Garten. Bald aber stand ein neuer Redner auf der Tribüne, und sogleich scharten sich die Zuhörer wieder um ihn. Und so ging es weiter, bis die Nacht hereinbrach.

Als das Ganze vorbei war, atmete der Junge tief auf und rieb seine Augen, als erwache er aus dem Schlaf. Er war in einem Lande gewesen, das er noch nie besucht hatte. Alle diese Menschen, die sich des Lebens freuten und der Zukunft siegesstolz entgegensahen, verbreiteten Heiterkeit und Freude um sich wie einen Ansteckungsstoff, und der Junge war ebenso wie sie im Reiche der Freude gewesen. Aber als die Töne des letzten Liedes hinstarben, fühlte der Junge, wie trübselig sein eigenes Leben war, und er konnte sich nach dem eben Erlebten kaum überwinden, zu seinem Reisekameraden zurückzukehren.

Der Rabe hatte neben dem Jungen gesessen, und nun flüsterte er ihm ins Ohr: „Jetzt will ich dir erzählen, Däumling, wie du wieder Mensch werden kannst. Du musst warten, bis du jemand triffst, der dir sagt, dass er gern an deiner Stelle sein und mit den Wildgänsen reisen wolle. Dann musst du den Augenblick ergreifen und zu ihm sagen: ...“ Und nun lehrte Bataki den Jungen einige Wörter, die so kräftig und gefährlich waren, dass man sie nicht laut sagen, sondern nur flüstern konnte, bis die Zeit kam, wo man sie allen Ernstes gebrauchen sollte. „Ja, mehr gehört nicht dazu, dass du wieder Mensch werden kannst“, sagte Bataki schließlich.

„Nein, das will ich schon glauben“, entgegnete der Junge, „denn ich treffe natürlich niemals jemand, der sich an meine Stelle wünschen würde.“

„Ach, das ist doch nicht so unmöglich“, meinte der Rabe, und dann flog er mit dem Jungen in die Stadt und setzte ihn vor einem Mansardenfenster auf das Dach. In der Stube brannte eine Lampe, das Fenster war nur angelehnt, und Niels stand lange da und dachte, wie glücklich der Student sein müsse, der da drinnen lag und schlief.

Reors Geschichte

Er hieß Reor. Er war aus Fuglekärr im Svarteborger Kirchspiele und galt für den besten Schützen des Bezirks. Er wurde getauft, als König Olof den alten Glauben in Viken ausrottete, und war von da an ein eifriger Christ. Er war frei geboren, aber arm, schön, aber nicht groß, stark, aber sanft. Er zähmte junge Pferde mit Wort und Blick allein und konnte mit einem Zurufe kleine Vögel zu sich heranlocken. Er hielt sich beinahe beständig im Walde auf, und die Natur hatte große Macht über ihn. Das Wachsen der Pflanzen und das Knospen der Bäume, das Spiel der Hasen in den Waldeslichtungen und das Springen des Barsches in dem abendstillen See, der Streit der Jahreszeiten und der Wechsel der Witterung waren die Hauptereignisse seines Lebens. Dies machte ihm Freude und Kummer, und nicht das, was sich bei den Menschen zutrug.

Eines Tages machte der geschickte Jäger einen guten Fang. Er traf tief drinnen im dichten Walde einen alten Bären und erlegte ihn mit einem einzigen Schusse. Die scharfe Spitze des großen Pfeiles drang gerade in das Herz des Gewaltigen, und er sank tot vor den Füßen des Jägers nieder. Es war Sommer und der Pelz des Bären war weder dicht noch glatt, doch der Schütze zog ihn ab, rollte ihn zu einem harten Bündel zusammen und ging mit dem Bärenfell auf dem Rücken weiter.

Er war noch nicht weit gegangen, als er einen außerordentlich starken Honigduft verspürte. Dieser kam von den kleinen blühenden Pflanzen, die den Boden bedeckten. Sie wuchsen auf dünnen Stängeln, hatten hellgrüne glatte Blätter, die wunderhübsch geädert waren, und an der Spitze eine kleine Dolde, welche dicht mit weißen Blüten besetzt war. Ihre winzigen Kronen waren im kleinsten Maßstabe ausgeführt, doch aus ihnen trat ein kleiner Büschel von Staubfäden hervor, deren mit Blütenstaub gefüllte Staubbeutel auf weißen Saiten zitterten. Während Reor zwischen ihnen hindurchging, fiel ihm ein, dass diese einsam und unbemerkt im Waldesdunkel stehenden Blumen Botschaft über Botschaft, Ruf auf Ruf aussendeten. Der starke, honigsüße Duft war ihr Ruf, er verbreitete die Kunde von ihrem Dasein weit zwischen die Bäume hinein und hoch bis in die Wolken hinauf. Doch in dem schweren Dufte lag etwas Beängstigendes. Die Blumen hatten ihren Becher gefüllt und ihren Tisch in Erwartung ihrer geflügelten Gäste gedeckt, aber keiner kam. Sie sehnten sich zu Tode in der drückenden Einsamkeit, in dem dunklen, vor Wind geschützten Waldesdickicht.

Sie schienen weinen und klagen zu wollen, weil die schönen Schmetterlinge es verschmähten, bei ihnen zu Gaste zu sein. Da, wo die Blumen am dichtesten standen, schienen sie ihm alle miteinander eine eintönige Weise zu singen.

„Kommet, ihr schönen Gäste, kommet heute, denn morgen sind wir tot, morgen liegen wir verwelkt auf dem trocknen Laube."

Es war Reor gestattet, den fröhlichen Schluss des Blumenmärchens zu sehen. Er vernahm hinter sich ein Flattern, wie das leichteste Lüftchen, und sah einen weißen Schmetterling im Dunkeln zwischen den dicken Stämmen umherirren. Er flog unruhig suchend hin und her, als kenne er den Weg nicht. Auch war er nicht allein, ein Schmetterling nach dem andern tauchte hinten im Dunkeln auf, bis sich schließlich ein ganzes Heer weiß geflügelter Honigsucher versammelt hatte. Der erste aber war der Anführer und vom Dufte geleitet fand er die Blumen. Hinter ihm kam das ganze Schmetterlingsheer herangestürmt. Es stürzte sich auf die schmachtenden Blumen, wie sich der Sieger auf seine Beute stürzt. Wie ein Schneefall weißer Flügel senkte es sich auf sie herab. Und um jede Blütendolde gab es ein festliches Trinkgelage. Der Wald war von stillem Jubel erfüllt! Reor ging weiter, doch der honigsüße Duft schien ihn überallhin zu begleiten. Und er spürte, dass sich drinnen im Walde ein Sehnen, stärker als das der Blumen, verbarg, dass es dort etwas gab, was ihn anzog, wie die Blumen die Schmetterlinge herbeigelockt hatten. Er schritt weiter mit einer stillen Freude im Herzen, als warte er auf ein großes, unbekanntes Glück. Das Einzige, was ihn ängstigte, war der Gedanke, dass er vielleicht den Weg zu dem, was sich nach ihm sehnte, nicht würde finden können.

Auf dem schmalen Pfade vor ihm schlängelte sich eine weiße Natter. Er bückte sich, um das Glück verkündende Tier aufzuheben, doch die Schlange glitt ihm aus der Hand und eilte schnell den Pfad hinauf. Dort rollte sie sich zusammen und lag still, doch als der Schütze wieder nach ihr griff, glitt sie ihm glatt wie Eis durch die Finger. Reor trachtete nun eifrig nach dem Besitze des klügsten aller Tiere. Er eilte der Schlange nach, doch ohne sie einholen zu können, und sie lockte ihn von dem Steige seitwärts auf den ungebahnten Waldboden hinaus.

Dieser war mit Föhren bestanden und im Föhrenwalde ist der Boden selten mit Gras bewachsen. Doch nun verschwanden plötzlich die braunen Nadeln und das trockene Moos, Farne und Preiselbeerstauden wichen zur Seite und Reor fühlte seidenweiches Gras unter seinem Fuße. Über dem grünen Rasen zitterten federleichte Blumen auf sanft gebogenen Stängeln und zwischen den langen, schmalen Blattscheiben leuchteten die kleinen halb erblühten Blumen der roten Nelke. Es war nur ein ganz kleiner Platz, und darüber breiteten die hochstämmigen Föhren knorrige rotbraune Zweige mit Büscheln von dichten Nadeln aus. Zwischen ihnen konnten die Sonnenstrahlen viele Wege zur Erde finden, und dort war es erstickend heiß.

Doch mitten vor der kleinen Wiese stieg eine Felswand lotrecht empor. Sie lag im scharfen Sonnenlichte da und man sah deutlich die mit Flechten bewachsenen Steinflächen, die frischen Brüche, wo der Winterfrost zuletzt einige gewaltige Blöcke abgelöst, die großen Stauden Engelsüß, die die braunen Wurzeln in die mit Erde gefüllten Spalten steckten, und die zollbreiten Absätze, wo die Säulchenflechte ihre rot geränderten Pokale aufreihte, und eine grasgrüne Moosart auf haarfeinen Stiften die kleinen grauen, die Befruchtungsorgane enthaltenden Mützen erhob.

Diese Felswand glich in allem jeder andern Bergwand, doch Reor merkte sofort, dass er vor der Giebelwand einer Riesenwohnung stand, und er entdeckte unter dem

Moose und den Flechten die großen Angeln, in denen sich die Granittür des Berges drehte.

Jetzt glaubte er, dass die Schlange in das Gras gekrochen, um sich dort zu verstecken, bis sie unbemerkt in den Berg kommen könnte, und er gab die Hoffnung, sie zu fangen, auf. Er verspürte nun wieder den honigsüßen Duft der schmachtenden Blumen und merkte, dass hier oben unter der Felswand eine erstickende Hitze herrschte. Dort war es auch wunderlich still: Kein Vogel rührte sich, keine Nadel spielte im Winde, alles schien den Atem anzuhalten und in unbeschreiblicher Spannung zu warten und zu lauschen. Er schien gewissermaßen in ein Zimmer gekommen zu sein, wo er nicht allein war, obwohl er niemand sah. Er verspürte keine Angst, empfand aber ein angenehmes Schaudern, als sollte er bald etwas überaus Schönes erblicken.

In diesem Augenblicke gewahrte er die Schlange wieder. Sie hatte sich nicht versteckt, sondern war sogar auf einen der Blöcke gekrochen, die der Frost von der Felswand losgesprengt hatte. Und gerade unterhalb der weißen Natter sah er den hellen Leib eines im weichen Grase schlafenden Mädchens. Sie hatte weiter keine Decke als einige spinnwebsdünne Schleier, gerade als hätte sie sich nach einer im Elfenreigen durchtanzten Nacht dorthin geworfen; doch die langen Grashalme und ihre zitternden, federleichten Rispen standen so hoch über der Schlafenden, dass Reor die weichen Linien des Körpers nur undeutlich sah. Auch mochte er sich nicht nähern, um besser zu sehen. Er zog jedoch sein gutes Messer aus der Scheide und warf es zwischen das Mädchen und die Felswand, damit die den Stahl fürchtende Riesentochter beim Erwachen nicht in den Berg fliehen könne. Dann stand er in tiefen Gedanken still. Eins wusste er gleich: Die dort schlafende Maid wollte er besitzen, doch noch war es ihm nicht recht klar, wie er sich gegen sie verhalten sollte.

Doch da lauschte er, der die Stimme der Natur besser als die der Menschen kannte, dem großen, ernsten Walde und dem strengen Berge. „Sieh, dir, der die Wildnis liebt, überliefern wir unsere schönste Tochter", sagten sie. „Besser als die Töchter der Ebene passt sie für dich. Reor, bist du der edelsten Gabe würdig?"

Da dankte er der großen, wohltätigen Natur in seinem Herzen und beschloss, das Mädchen nicht zu seiner Leibeigenen, sondern zu seinem Weibe zu machen. Und da es ihm einfiel, dass sie sich, wenn sie Christin geworden und die Sitten der Menschen angenommen, bei dem Gedanken, so unverhüllt dagelegen zu haben, schämen würde, so nahm er das Bärenfell vom Rücken, entrollte die steife Haut und deckte sie mit dem ergrauten, zottigen Pelze des alten Bären zu.

Doch als er dies tat, ertönte hinter der Bergwand ein solches Gelächter, dass die Erde bebte. Es klang nicht wie Hohn, nur als ob jemand sich in großer Angst befunden, und als er sich davon befreit sah, das Lachen nicht habe unterdrücken können. Die entsetzliche Stille und die drückende Hitze nahmen auch ein Ende. Ein kühlender Wind fuhr über das Gras hin und die Nadeln begannen ihren sausenden Sang. Der glückliche Jäger fühlte, dass der ganze Wald vor Erwartung, wie der Menschensohn die Tochter der Wildnis behandeln würde, den Atem angehalten hatte.

Die Natter ließ sich nun in das hohe Gras gleiten, doch die Maid lag im Zauberschlafe und rührte sich nicht. Da wickelte Reor sie in die grobe Bärenhaut, sodass nur ihr Gesicht aus dem zottigen Fell hervorguckte. Obgleich sie sicherlich eine Tochter des alten Bergriesen war, war sie doch zart und fein gebaut, und der starke Schütze nahm sie auf seine Arme und trug sie durch den Wald.

Nach einer Weile merkte er, dass jemand ihm seinen breitrandigen Hut abnahm. Er blickte auf und fand die Riesentochter wach. Sie blieb ruhig auf seinem Arm sitzen, wollte nun aber sehen, wie der Mann, der sie trug, aussah. Er ließ ihr den Willen. Er nahm größere Schritte, sagte aber nichts.

Da musste sie gemerkt haben, wie ihm nun, da sie ihm den Hut abgenommen, die Sonne heiß auf den Kopf brannte. Sie hielt ihn wie einen Sonnenschirm über seinen Kopf, setzte ihn ihm aber nicht auf, sondern hielt ihn so, dass sie ihm immerzu ins Gesicht sehen konnte. Da schien es ihm, dass er weder fragen noch reden brauche. Er trug sie schweigend nach der Hütte seiner Mutter. Doch sein ganzes Wesen strömte von Seligkeit über, und als er auf der Schwelle seines Heims stand, sah er die weiße Schlange, die einer neuen Häuslichkeit das Glück schenkt, unter die Grundmauer der Hütte gleiten.

Die Osterhexe

Am Karsamstag, so zwischen drei und vier Uhr nachmittags, gingen in Marbacka immer ein paar Mägde in den Stall hinunter, einen Packen Kleider unter dem Arm, um die Osterhexe herzurichten.

Zuerst nahmen sie einen langen Sack und stopften ihn mit Stroh voll. Dann zogen sie einen alten Rock darüber, den schlechtesten, den sie nur finden konnten, und ein altes, ausrangiertes Leibchen, das vorne blank gescheuert war und große Löcher am Ellbogen hatte. In die Ärmel stopften sie Stroh, damit sie rund und natürlich aussahen, und dass Strohhalme anstatt Hände aus den Ärmeln hervorguckten, genierte sie nicht im Geringsten. Hierauf machten sie der Osterhexe einen Kopf aus einem Küchenhandtuch, das möglichst grob und grau war. Sie knüpften es an vier Enden zusammen, füllten es mit Stroh, malten mit Kohle Augen, Nase und Mund, banden es oben auf dem Strohsack fest und setzten ein altes, schäbiges Hutungetüm darauf, das sicherlich schon Anno 1820 in Gebrauch gewesen war. Dann brauchte man der Osterhexe nur mehr einen alten Schal über die Schultern zu hängen und eine Schürze um den Leib zu binden.

Als die Osterhexe so weit fertig war, wurde sie aus dem Stall zum Wohnhaus hinaufgetragen. In das Haus hinein durfte sie jedoch nicht, sondern die Mädchen blieben mit ihr vor dem großen Eingang und brachten ihr einen

Küchensessel zum Sitzen. Aus dem Bräuhaus holten sie den langen Schürhaken und den Besen und stellten sie schräg hinter ihren Stuhl, damit sie die Fluggeräte leicht greifen konnte. Zuletzt banden sie an das Schürzenband ein altes Kuhhorn, voll von Hexensalbe, steckten eine lange Feder in das Horn und hängten ihr eine alte Posttasche um den Hals. Damit war sie fertig.

Gleich darauf wurde den Kindern verkündigt, dass die Osterhexe da war, und sie eilten hinaus, um sie zu sehen. Leutnant Lagerlöf pflegte sie immer bis zum Vorplatz zu begleiten, aber Frau Lagerlöf und Mamsell Lovisa und Fahnenjunker Wachenfeldt, der über die Feiertage nach Marbacka gekommen war, blieben gewöhnlich im Haus. Sie hatten zu ihrer Zeit so viele Osterhexen gesehen, sagten sie. Wenn nun die Kinder auf die Vortreppe hinauskamen und die Osterhexe sahen, die mitten auf dem Kiesweg saß und sie aus ihren Rußaugen anglotzte, da waren sie natürlich zuerst ein bisschen erschrocken und ängstlich, denn sie konnten ja deutlich sehen, dass das eine richtige Zauberin war auf dem Weg zum Blocksberg, wenn es ihr auch aus dem einen oder anderen Grunde beliebt hatte, in Marbacka haltzumachen.

Aber nachdem sie die Osterhexe ein Weilchen aus der Ferne betrachtet hatten, schlichen sie ganz langsam die Treppenstufen hinunter und näherten sich ihr sehr behutsam und vorsichtig. Sie konnten sich ja denken, dass sie hier im Haus etwas ganz Besonderes wollte, da sie sich von dem anderen Blocksbergvolk getrennt hatte auf die Gefahr hin, zu spät zu dem großen Osterschmaus zu kommen.

Die Osterhexe verhielt sich mäuschenstill, wie nahe sie auch kamen. Und schließlich nahm eines der Kinder seinen ganzen Mut zusammen und steckte die Hand in die alte Posttasche. Die sah so strotzend voll aus, dass sie ihnen schon die ganze Zeit in die Augen gestochen hatte. Aber der die Hand hineingesteckt hatte, stieß unwillkürlich einen Schrei des Entzückens aus: Die ganze Tasche war voll von Briefen. Man zog ganze Hände von großen gesiegelten Briefen heraus. Federn waren auch daran, so, als wären sie geflogen gekommen, ganz wie die Osterhexe selbst, und alle miteinander waren sie an Anna und Gerda, Selma oder Johann adressiert. Alle an die Kinder. Die Großen gingen leer aus.

Sowie die Kinder ihre Briefe eingeheimst hatten, verließen sie die Osterhexe. Sie gingen in das Haus und setzten sich an den Speisetisch, um die Osterbriefe zu öffnen. Das war ein Fest, denn das waren keine gewöhnlichen Briefe. Anstatt der trockenen schwarzen Buchstaben schimmerte aus jedem der Briefe eine farbige Osterhexe oder ein Hexenmeister, wohlversehen mit Besen, Ofengabeln, Hörnern und allem möglichen Osterzubehör.

Es waren Briefe aller Art, manche auf gelbem Strohpapier und andere auf feinstem Velin. Manche waren wirklich von kleinen Kindern zusammengekleckst, anderen konnte man es anmerken, dass die Großen im Spiel gewesen waren und geholfen hatten. Die meisten Figuren waren im Profil, alle waren in Wasserfarben gemalt, alle waren Heimarbeit. Nicht alle waren schön, aber doch, welches Vergnügen, sie zu bekommen. Wie sie beguckt, wie sie bewundert wurden!

Es wäre übrigens voreilig zu sagen, dass nichts Geschriebenes in den Briefen stand. Einige waren ganz vollgeschrieben, doch nie mit Prosa, sondern mit Versen. Aber daran war nicht so sehr viel Spaß, denn es waren nur alte Osterreime, die die Kinder ohnehin auswendig kannten. Übrigens waren die Kinder gar nicht so erstaunt über die Unmenge von Briefen, als man hätte glauben sollen.

Sie hatten selbst den ganzen Monat März jeden freien Augenblick dazu verwendet zu zeichnen und zu malen, und hatten ebensolche Briefe an jedes Landgut in der Umgegend gesandt. Sie wussten sehr wohl, dass auch bei den Nachbarn mit Pinsel und Farbe gearbeitet worden war und dass die Briefe, die die Osterhexe mitgebracht hatte, von irgendeinem anderen Gut stammten. Wie die Briefe in die Tasche der Osterhexe gekommen waren, das konnten sie sich freilich nicht recht erklären. Man hatte sie vielleicht gesehen, als sie vorbeigeflogen war, und hatte ihr die Briefe zugeworfen.

Wenn sich nun die Kinder eine Weile an den Briefen ergötzt, sie gezählt und verglichen hatten, dann erinnerten sie sich an die Osterhexe, die all das Hübsche mitgebracht hatte, und gingen vor das Haus, um sie noch einmal anzugucken. Aber wenn sie nun hinauskamen, war der Sessel leer, die Osterhexe war verschwunden und die Ofengabel und der Besen ebenfalls. Die Osterhexe hatte es wohl eilig gehabt, zum Blocksberg zu kommen, und war davongeflogen, so wie sie ihre Briefe abgeliefert hatte. Und ein rechtes Glück war es, dass sie sich davongemacht hatte, denn nun war der Knecht Per, der Finne war und Jägerblut in den Adern hatte, in die Schreibstube gekommen und hatte die beiden Gewehre des Herrn

Leutnant geladen. Er trat vor die Tür und schoss die Gewehre gerade in die Luft hinauf ab. Die Kinder wussten, dass er auf die Osterhexen schoss, die dort zwischen den weißen Wölkchen des Frühlingshimmels herumflogen. Sie selber konnten sie nie entdecken, aber Per, der Finne war und also mehr sehen konnte als andere, der sah sie wohl. Jedenfalls war es gut, dass die brave Osterhexe, die Marbacka besucht hatte, schon außer Schussweite war.

Ja, so ging es in Marbacka zu, ein Ostern wie das andere. Aber dann kam ein Karsamstag.

Er ließ sich nicht merkwürdiger an als alle anderen. Die Kinder waren wie gewöhnlich den ganzen Monat März dagesessen und hatten Osterbriefe gemalt, und namentlich am Sonntag war das alte Kinderzimmer in Marbacka förmlich eine Malerwerkstätte gewesen. Farben und Farbenschälchen auf allen Kisten und Kasten. In der Osterwoche, als die Erzieherin fortgereist war und die Osterferien begonnen hatten, hatten der Eifer und die Aufregung den Höhepunkt erreicht. Leutnant Lagerlöf war schon ganz verzweifelt, weil die Kinder ihm alles abbettelten, was er an feinem weißen Papier besaß, und schließlich hatte er ihnen gesagt, sie müssten schon mit gelbem Strohpapier vorlieb nehmen. Die rote und die blaue Farbe, mit der alle malen wollten, ging im Farbenkasten der Kinder aus, und unaufhörlich mussten sie zu Tante Lovisa hinunterlaufen, die in ihrer Jugend malen gelernt hatte und noch ein Kästchen feine Aquarellfarben besaß. Alle Trinkgläser wurden dazu verwendet, Pinsel auszuwaschen, alle Siegellackstangen waren aufgebraucht. Frau Lagerlöf saß den ganzen Tag da und schrieb Adressen, und man lief bergauf, bergab, um nach schönen Federn zu suchen, die man unter den Siegeln befestigte. Um Pinsel war es immer schlecht bestellt, und als der letzte Osterbrief geschrieben und versiegelt war, war von ihnen nichts mehr übrig als ein paar struppige Borsten.

Aber nun war auch der Karsamstagabend gekommen, die Arbeit war vollendet, und die fleißigen Künstler harrten ihres Lohnes.

Zur richtigen Zeit wurde gemeldet, dass die Osterhexe eingetroffen sei, und sie gingen auf den Vorplatz, um sie zu begrüßen. Alles war wie immer. Das einzig Merkwürdige war, dass nicht nur Leutnant Lagerlöf, sondern auch Frau Louise und Mamsell Lovisa, ja sogar der gichtbrüchige Fahnenjunker mitgekommen waren, um zuzusehen, wie die Kinder die Osterbriefe abholten.

Es war ein windiger nasser Tag, der Frühling war noch nicht weit vorgeschritten. Hier und dort auf dem Rasen lag noch Schnee, und die Wege zwischen den Häusern waren voll von Wasserpfützen. Aber so etwas geniert doch Osterhexen nicht; und sie, die in Marbacka einzukehren pflegte, war auch gekommen und saß da auf ihrem Holzsessel mit dem gewöhnlichen Hutungetüm auf dem Kopf und den gewöhnlichen Fluggeräten hinter sich.

Das Stroh lugte unter den Ärmeln hervor wie stets. Augen, Nase und Mund waren mit Kohle auf ein graues Küchenhandtuch gemalt: Das Umschlagtuch der Stallmagd lag über ihren Schultern, die Posttasche hing ihr um den Hals, und das alte Kuhhorn war am Schürzenband festgeknotet.

Die Kinder waren jetzt schon größer. Sie erschraken gar nicht, als sie die Osterhexe erblickten. Sie wussten ja, dass sie nichts anderes war als ein angekleideter Stroh-sack, und sie liefen ohne das geringste Zaudern auf sie zu, um die Briefe aus ihrer Tasche zu nehmen.

Es war Selma, die zuerst ans Ziel kam. Aber kaum hatte sie die Hand in die Tasche gesteckt, da sprang die Oster-hexe vom Sessel auf, nahm die Feder, die im Kuhhorn steckte, und strich ihr mit der Hexensalbe übers Gesicht. Wie ging das zu? Wie war das möglich? Das kleine Mäd-chen kreischte vor Entsetzen und lief auf und davon, aber die Osterhexe, die konnte auch laufen, und sie kam ihr nach, mit gezückter Feder. Sie patschte durch die Wasser-pfützen, sodass das Wasser rings um sie aufspritzte.

Das war das Merkwürdigste und Schrecklichste, was die kleine Selma Lagerlöf je erlebt hatte. In dem Augenblick, in dem sie fühlte und sah, dass die Strohhexe sich beweg-te, da war es, als seien die Grundfesten der Welt erzittert. Während sie forteilte, schossen ihr rasche, erschreckende Gedanken durch den Kopf. Wenn eine Strohhexe Leben bekommen konnte, da konnten wohl auch die Toten aus ihren Gräbern steigen, da konnten die Trolle im Waldes-dickicht leben, da waren alle Märchen wahr, da gab es nichts Unheimliches und Schauriges, das nicht möglich war.

Heulend vor Angst lief sie die Treppenstufen hinauf. Wenn sie nur zur Tür, zu Vater und Mutter kommen konn-te, dann war sie ja gerettet. Zugleich merkte sie, dass die anderen Kinder an ihr vorbei in dieselbe Richtung stürm-ten. Sie hatten gerade solche Angst wie sie.

Doch oben auf der Veranda standen die Großen und lach-ten. „Aber, liebe Kinder", sagten sie, „ihr braucht doch keine Angst zu haben. Es ist ja nur die Kinder-Maja."

Da sahen die Kinder ja ein, wie dumm sie gewesen waren, es war ja die Kinder-Maja, ihr lustiges, fröhliches Kindermädchen, das sich als Osterhexe verkleidet hatte. Ach, ach, dass sie das nicht gleich gemerkt hatten. Es war doch zu ärgerlich, dass sie sich hatten anschmieren lassen!

Aber sie hatten keine Zeit, sich zu grämen, denn nun kam die Osterhexe auch schon die Treppen herauf, schnurstracks auf Fahnenjunker Wachenfeldt zu, um ihn zu umarmen und zu küssen. Und der Fahnenjunker, der immer solche Angst vor allen hässlichen Frauenzimmern hatte, spuckte und fauchte und schlug mit dem Stock um sich, aber weiß Gott, ob er ganz mit heiler Haut davonkam. Die Kinder sahen nachher, dass er ein paar Rußflecken auf dem weißen Schnurbart hatte.

Aber die Osterhexe zog zu neuen Taten aus. Sie nahm die Ofengabel zwischen die Beine und hopste zum Kücheneingang. Die Tauben, die dort draußen herumspazierten und ganz gemächlich die Erbsen aufpickten, die die Haushälterin hingestreut hatte, flatterten flügelschlagend auf das Dach. Die Katze lief die Dachrinne hinauf, und Nero, der große Neufundländer, schlich davon, den Schwanz zwischen die Beine geklemmt. Nur die alte Haushälterin bewahrte ihre Fassung. Sie lief zum Herd, riss ein brennendes Scheit an sich, und damit ging sie auf die Hexe los, als sie sich auf der Schwelle zeigte. – Da musste das Scheusal abziehen, aber im wildesten Galopp trabte es nun – kreischend und fuchtelnd, wilde Drohgebärden nach allen Richtungen ausführend – dem Hinterhof zu. Das erste Wesen, das sie erblickte, war das alte Pferd, das Bräunle. Es war gerade abgeschirrt worden und spazierte ganz gemächlich auf die Stalltür zu. Aber als es die Unholdin um die Ecke biegen sah, zog es plötzlich die Beine bis zum Bauch hinauf und galoppierte davon. Die Mähne flatterte, der Schwanz stand weg, die Hufe donnerten auf den Boden, und soweit Wege und Stege offen lagen, setzte es seine Flucht fort.

Beim Holzschuppen standen die Knechte Lars und Magnus und hackten Holz. Sie hörten zu hacken auf, aber für solche Kerle passte es sich nicht, vor irgendeiner Hexe davonzulaufen. Sie rührten sich nicht von der Stelle, sie hoben nur ihre Äxte gegen sie, denn guter Stahl schützt gegen Geisterspuk. Die Osterhexe wagte auch nicht, ihnen nahe zu kommen, aber dafür erblickte sie nun einen Mann, der gerade die Allee herunterkam. Das Unglück wollte es, dass es dieser Olle aus Säter war, der einmal in seiner Jugend mit dem Blockberggesindel zusammengestoßen war. Er war in einer Osternacht von einem Gastmahl nach Hause gewandert, und auf einer der flachen Wiesen unterhalb von Marbacka hatte er sie in einem langen Zug dicht über dem Boden hinstreichen sehen. Sie hatten sich wie ein Band um ihn geschlängelt, sie hatten auf einem frisch gepflügten Feld mit ihm getanzt, sie hatten ihn die ganze Nacht nicht zu Atem kommen lassen. Er hatte geglaubt, die abscheulichen Hexen würden ihm das Leben aus dem Leibe tanzen, als sie ihn so über die Ackerfurchen hin und her zerrten, nie war ihm schlimmer mitgespielt worden. Und nun, als er gerade vor dem Gesindehaus in Marbacka stand, sah er eine solche Hexe ihm entgegenhopsen.

Er besann sich keinen Augenblick. Alt und gichtbrüchig, schief und hinkend war er, aber so flink wie ein Jun-

ge machte er kehrt und lief die Allee wieder hinauf. Er stürmte davon wie vorhin das Bräunle und blieb nicht früher stehen, bis er im tiefen Wald auf der anderen Seite des Weges war.

Die Marbacker Kinder hatten sich ja jetzt selbst von ihrem Schrecken erholt, sodass sie über andere lachen konnten. Sie folgten der Osterhexe auf Schritt und Tritt, sie sahen, wie die alte Haushälterin ihr mit dem brennenden Scheit drohte, sie sahen, wie das Bräunle durchging und wie Olle in den Wald rannte. Sie sahen Lars und Magnus die Äxte gegen sie erheben, sie liefen ihr nach durch Wasserpfützen und Schneehaufen und lachten, wie sie noch nie gelacht hatten.

Aber das Beste von allem war doch, wie Per an der großen Treppe vorbei zur Schreibstube hinunterstürmte. Der Leutnant fragte ihn, wohin er es so eilig habe, doch der Alte nahm sich kaum Zeit zu antworten. Aber endlich kam es doch heraus, dass er die Gewehre laden wollte, um dieses Scheusal totzuschießen, das im Hinterhof sein Unwesen trieb.

Aus den Augen des Alten leuchtete die echte Jägerfreude. Nun hatte er an wenigsten fünfzig Karsamstagen auf die Osterhexen geschossen und nie eine getroffen. Jetzt endlich war eine hier, die er aufs Korn nehmen konnte.

Diesen ganzen Abend, ja die ganzen Osterfeiertage lachten sie in Marbacka ihn und all die anderen aus, die sich von der Osterhexe hatten erschrecken lassen. Ja, noch lange nachher musste man lächeln, wenn man sich daran erinnerte, was für einen Aufruhr es gegeben hatte.

Das Rotkehlchen

Es war zu der Zeit, da unser Herr die Welt erschuf, er nicht nur Himmel und Erde schuf, sondern auch alle Tiere und Pflanzen und ihnen zugleich ihre Namen gab. Es gibt viele Geschichten aus jener Zeit; und wüsste man sie alle, so wüsste man auch die Erklärung für alles in der Welt, was man jetzt nicht verstehen kann.

Damals war es, dass es sich eines Tages begab, als unser Herr im Paradies saß und die Vögel malte, dass die Farbe in unseres Herren Farbenschalen aufging, sodass der Stieglitz ohne Farbe geblieben wäre, wenn unser Herr nicht alle Pinsel an seinen Federn abgewischt hätte.

Damals geschah es, dass der Esel seine langen Ohren bekam, weil er nicht merkte, welchen Namen er bekommen hatte. Er vergaß es, sowie er nur ein paar Schritte auf den Fluren des Paradieses gemacht hatte, und dreimal kam er zurück und fragte, wie er heiße, bis unser Herr ein klein wenig ungeduldig wurde, ihn bei den Ohren nahm und sagte: „Dein Name ist Esel, Esel, Esel."

Und während er so sprach, zog er seine Ohren lang, damit er ein besseres Gehör bekäme und sich merke, was man ihm sagte.

An demselben Tage geschah es auch, dass die Biene bestraft wurde. Denn als die Biene geschaffen war, begann sie sogleich Honig zu sammeln, und Tiere und Menschen, die merkten, wie süß der Honig duftete, kamen und wollten ihn kosten. Aber die Biene wollte alles für sich behalten und jagte mit ihren giftigen Stichen alle fort, die sich der Honigwabe näherten. Dies sah unser Herr, und alsogleich rief er die Biene zu sich und strafte sie. „Ich verlieh dir die Gabe, Honig zu sammeln, der das Süßeste in der Schöpfung ist", sagte unser Herr, „aber damit gab ich dir nicht das Recht, hart gegen deine Nächsten zu sein. Merke dir nun, jedes Mal, wenn du jemand stichst, der deinen Honig kosten will, musst du sterben!"

Ach ja, damals geschah es, dass die Grille blind wurde und die Ameise ihre Flügel verlor; es begab sich so viel Wunderliches an diesem Tage.

Unser Herr saß den ganzen Tag groß und milde da und schuf und erweckte zum Leben, und gegen Abend kam ihm in den Sinn, einen kleinen grauen Vogel zu erschaffen. „Merke dir, dass dein Name Rotkehlchen ist!", sagte unser Herr zu dem Vogel, als er fertig war. Und er setzte ihn auf seine flache Hand und ließ ihn fliegen.

Aber als der Vogel ein Weilchen herumgeflogen war und sich die schöne Erde besehen hatte, auf der er leben sollte, bekam er auch Lust, sich selbst zu betrachten. Da sah er, dass er ganz grau war, und seine Kehle war ebenso grau wie alles andere.

Da flog der Vogel zu unserem Herrn zurück.

Unser Herr thronte gut und milde, aus seinen Händen gingen Schmetterlinge hervor, die um sein Haupt flatterten, Tauben gurrten auf seinen Schultern, und aus dem Boden rings um ihn sprossen die Rose, die Lilie und das Tausendschönchen.

Das Herz des kleinen Vogels pochte heftig vor Bangigkeit, aber in leichtem Bogen flog er doch immer näher und näher zu unserm Herrn, und schließlich ließ er sich auf seiner Hand nieder.

Da fragte unser Herr, was sein Begehr wäre. „Ich möchte dich nur um eines fragen", sagte der kleine Vogel.

„Was willst du denn wissen?", fragte unser Herr.

„Warum soll ich Rotkehlchen heißen, wenn ich doch ganz grau bin vom Schnabel bis zum Schwanze? Warum werde ich Rotkehlchen genannt, wenn ich keine einzige rote Feder mein Eigen nenne?"

Und der Vogel sah unsern Herrn mit seinen kleinen schwarzen Äuglein flehend an und wendete das Köpfchen. Ringsum sah er Fasanen, ganz rot unter einem leichten Goldstaub, Papageien mit reichen roten Halskrausen, Hähne mit roten Kämmen, ganz zu schweigen von den Schmetterlingen, den Goldfischen und den Rosen. Und natürlich dachte er sich, wie wenig vonnöten wäre nur ein einziger kleiner Tropfen Farbe auf seiner Brust, und er wäre ein schöner Vogel, und sein Name schicke sich für ihn.

„Warum soll ich Rotkehlchen heißen, wenn ich ganz grau bin?", fragte der Vogel abermals und wartete, dass unser Herr sagen würde:

„Ach, Freundchen, ich sehe, ich habe ganz vergessen, deine Brustfedern rot zu malen, aber warte nur einen Augenblick, dann wird es geschehen."

Aber unser Herr lächelte nur still und sagte:

„Ich habe dich Rotkehlchen genannt, und Rotkehlchen sollst du heißen, aber du musst selbst zusehen, dass du dir deine roten Brustfedern verdienst."

Und damit erhob unser Herr die Hand und ließ den Vogel aufs Neue in die Welt hinausfliegen.

Der Vogel flog sehr nachdenklich ins Paradies hinunter. Was sollte wohl ein kleiner Vogel wie er tun können, um sich rote Federn zu verschaffen?

Das Einzige, was ihm einfiel, war, dass er sein Nest in einen Dornenbusch baute. Er nistete zwischen den Stacheln in dem dichten Dornengestrüpp. Es war, als erwarte er, dass ein Rosenblatt an seiner Kehle haften bliebe.

Eine unendliche Menge von Jahren war seit diesem Tage verflossen, der der fröhlichste der Erde war. Seit dieser Zeit hatten sowohl die Tiere als auch die Menschen das Paradies verlassen und sich über die Erde verbreitet. Und die Menschen hatten es so weit gebracht, dass sie gelernt hatten, den Boden zu bebauen und das Meer zu befahren, sie hatten sich Kleider und Zierrat geschaffen, ja sie hatten längst gelernt, große Tempel und mächtige Städte zu bauen, wie Theben, Rom und Jerusalem.

Da brach ein neuer Tag an, der auch in der Geschichte der Erde lange nicht vergessen werden sollte, und am Morgen dieses Tages saß das Rotkehlchen auf einem kleinen nackten Hügel vor den Mauern Jerusalems und sang seinen Jungen vor, die in dem kleinen Nest in einem niedrigen Dornenbusch lagen.

Das Rotkelchen erzählte seinen Kleinen von dem wunderbaren Schöpfungstage und von der Namensgebung, wie jedes Rotkehlchen es seinen Kindern erzählt hatte, von dem ersten an, das Gottes Wort gehört hatte und aus Gottes Hand hervorgegangen war. „Und nun seht", schloss es betrübt, „so viele Rosen haben geblüht, so viele junge Vögel sind aus ihren Eiern gekrochen, so viele, dass keiner sie zählen kann, aber das

Rotkehlchen ist immer noch ein kleiner grauer Vogel, es ist ihm noch nicht gelungen, die roten Brustfedern zu erringen."

Die kleinen Jungen rissen ihre Schnäbel weit auf und fragten, ob ihre Vorfahren nicht versucht hätten, irgendeine Großtat zu vollbringen, um die unschätzbare rote Farbe zu erringen.

„Wir haben alle getan, was wir konnten", sagte der kleine Vogel, „aber es ist uns allen misslungen. Schon das erste Rotkehlchen traf einmal einen anderen Vogel, der ihm völlig glich, und es begann sogleich, ihn mit so heftiger Liebe zu lieben, dass es seine Brust erglühen fühlte. Ach, dachte es da, nun verstehe ich es: Der liebe Gott will, dass ich so heiß liebe, dass meine Brustfedern sich von der Liebesglut, die in meinem Herzen wohnt, rot färben. Aber es misslang ihm, wie es allen nach ihm misslungen ist und wie es auch euch misslingen wird." Die kleinen Jungen zwitscherten betrübt, sie begannen schon darüber zu trauern, dass die rote Farbe ihre kleine flaumige Kehle nicht schmücken sollte.

„Wir hofften auch auf den Gesang", sagte der alte Vogel, in lang gezogenen Tönen sprechend. „Schon das erste Rotkehlchen sang so, dass seine Brust vor Begeisterung schwoll, und es wagte wieder zu hoffen. Ach, dachte es, die Sangesglut, die in meiner Seele wohnt, wird meine Brustfedern rot färben. Aber es täuschte sich, wie alle nach ihm sich getäuscht haben und wie auch ihr euch täuschen werdet."

Wieder hörte man ein trübseliges Piepsen aus den halb nackten Kehlen der Jungen.

„Wir hofften auch auf unseren Mut und unsere Tapferkeit", sagte der Vogel. „Schon das erste Rotkehlchen kämpfte tapfer mit andern Vögeln, und seine Brust erglühte vor Kampfeslust. Ach, dachte es, meine Brustfedern werden sich rot färben von der Kampfeslust, die in meinem Herzen flammt. Aber es scheiterte, wie alle nach ihm scheiterten und wie auch ihr scheitern werdet."

Die winzigen Jungen piepsten mutig, dass sie es doch versuchen wollten, den erstrebten Preis zu gewinnen, aber der alte Vogel antwortete ihnen betrübt, dass dies unmöglich sei. Was könnten sie hoffen, wenn so viele ausgezeichnete Vorfahren das Ziel nicht erreicht hätten? Was könnten sie mehr tun als lieben, singen und kämpfen? Was könnten ... Der Vogel hielt mitten im Satz inne, denn aus einem Tore Jerusalems kam eine Menschenmenge gezogen, und die ganze Schar eilte den Hügel hinan, wo der Vogel sein Nest hatte.

Da waren Reiter auf stolzen Rossen, Krieger mit langen Lanzen, Henkersknechte mit Nägeln und Hämmern, da waren würdig einherschreitende Priester und Richter, weinende Frauen, und allen voran eine Menge wild umherlaufendes Volk, ein gräuliches, heulendes Geleite von Landstreichern.

Der kleine graue Vogel saß zitternd auf dem Rande seines Nestes. Er fürchtete jeden Augenblick, dass der kleine Dornenbusch niedergetreten und seine kleinen Jungen getötet werden würden. „Nehmt euch in acht", rief er den kleinen schutzlosen Jungen zu, „kriecht dicht zusammen und verhaltet euch still! Hier kommt ein Krieger mit Eisen beschlagenen Sandalen! Hier kommt die ganze wilde Schar angestürmt!"

Mit einem Male hörte der Vogel mit seinen Warnrufen auf, er wurde still und stumm. Er vergaß beinahe die Gefahr, in der er schwebte.

Plötzlich hüpfte er in das Nest hinunter und breitete die Flügel über seine Jungen.

„Nein, das ist zu entsetzlich", sagte er. „Ich will nicht, dass ihr diesen Anblick seht, da sind drei Missetäter, die gekreuzigt werden sollen."

Und er breitete ängstlich die Flügel aus, sodass die Kleinen nichts sehen konnten. Sie vernahmen nur donnernde Hammerschläge, Klagerufe und das wilde Geschrei des Volkes. Das Rotkehlchen folgte dem ganzen Schauspiel mit Augen, die sich vor Entsetzen weiteten. Es konnte die Blicke nicht von den drei Unglücklichen wenden. „Wie grausam die Menschen sind!", sagte der Vogel nach einem Weilchen. „Es ist ihnen nicht genug, dass sie diese armen Wesen ans Kreuz nageln, nein, auf dem Kopfe des einen haben sie noch eine Krone aus stechenden Dornen befestigt." „Ich sehe, dass die Dornen seine Stirn verwundet haben und dass Blut fließt", fuhr es fort. „Und dieser Mann ist so schön und sieht mit so milden Blicken um sich, dass jeder ihn lieben müsste. Mir ist, als ginge eine Pfeilspitze durch mein Herz, wenn ich ihn leiden sehe."

Der kleine Vogel begann ein immer stärkeres Mitleid mit dem Dornengekrönten zu fühlen. „Wenn ich mein Bruder, der Adler, wäre", dachte er, „würde ich die Nägel aus seinen Händen reißen und mit meinen starken Klauen alle die Leute verscheuchen, die ihn peinigen."

Er sah, wie das Blut auf die Stirn des Gekreuzigten tropfte, und da vermochte er nicht mehr still in seinem Nest

zu bleiben. „Wenn ich auch nur klein und schwach bin, so muss ich doch etwas für diesen armen Gequälten tun können", dachte der Vogel, und er verließ sein Nest und flog hinaus in die Luft, weite Kreise um den Gekreuzigten beschreibend. Er umkreiste ihn mehrere Male, ohne dass er sich näher zu kommen traute, denn er war ein scheuer kleiner Vogel, der es nie gewagt hatte, sich einem Menschen zu nähern. Aber allmählich fasste er Mut, flog ganz nah hinzu und zog mit seinem Schnabel einen Dorn aus, der in die Stirn des Gekreuzigten gedrungen war.

Aber während er dies tat, fiel ein Tropfen von dem Blute des Gekreuzigten auf die Kehle des Vogels. Der verbreitete sich rasch und färbte alle die kleinen zarten Brustfedern. Wie der Vogel wieder in sein Nest kam, riefen ihm seine kleinen Jungen zu: „Deine Brust ist rot, deine Brustfedern sind roter als Rosen!" „Es ist nur ein Blutstropfen von der Stirn des armen Mannes", sagte der Vogel. „Er verschwindet, sobald ich in einem Bach bade oder in einer klaren Quelle."

Aber so viel der kleine Vogel auch badete, die rote Farbe verschwand nicht von seiner Kehle, und als seine Kleinen herangewachsen waren, leuchtete die blutrote Farbe auch von ihren Brustfedern, wie sie auf jedes Rotkehlchens Brust und Kehle leuchtet, bis auf den heutigen Tag.

Der wunderschöne Garten

Sonntag, 24. April

Am nächsten Tage flogen die wilden Gänse nordwärts über Sörmland. Der Junge saß da und sah auf die Gegend herab und dachte bei sich, sie gleiche keiner der Gegenden, die er bisher gesehen hatte. Da waren keine großen Ebenen wie in Schonen und Ostgotland und keine großen, zusammenhängenden Wälder wie in Smaaland, aber da war eine Mischung von allem Möglichen. „Hier haben sie einen großen See und einen großen Elf und einen großen Wald und einen großen Berg genommen und es alles kurz und klein gehackt und dann zusammengemischt und bunt durcheinander auf der Erde ausgebreitet", dachte der Junge, denn er sah nichts weiter als kleine Täler und kleine Seen und kleine Berge und kleine Wälder. Nichts durfte sich so recht ausbreiten. Sobald eine Ebene im Begriff war, groß zu wachsen, kam ein Hügel und stellte sich ihr in den Weg, und wenn sich der Hügel zu einem Gipfel erheben wollte, so begann die Ebene von Neuem. Sobald ein See so groß wurde, dass es nach etwas aussah, wurde er zu einem Bach eingegrenzt, und auch der Bach durfte nicht lange laufen, ehe er sich zu einem See erweiterte. Die Wildgänse flogen so nahe an der Küste entlang, dass der Junge über das Meer hinaussehen konnte, und er hatte bemerkt, dass es auch dem Meer nicht gestattet war, seine große Fläche auszubreiten, sondern dass es von einer Menge von Inseln unterbrochen wurde, und die Inseln wurden auch nicht groß, ehe das Meer wieder in seine Rechte eintrat. Es war ein beständiges Wechseln. Nadelwald wechselte mit Laubholz, Felder mit Mooren und Herrenhöfe mit Häuslerwohnungen.

Es waren gar keine Menschen draußen auf den Feldern bei der Arbeit, stattdessen gingen sie auf Wegen und Stegen. Die kamen aus den kleinen Waldhäuschen am Abhang des Kolmårds heraus in schwarzen Kleidern, mit Gesangbuch und Taschentuch in der Hand. „Es ist wohl Sonntag heute", dachte der Junge und saß da und sah auf die Kirchgänger hinab. An einer Stelle sah er ein Brautpaar, das mit großem Gefolge zur Kirche fuhr, und an einer anderen Stelle kam ein Leichenzug langsam den Weg entlanggefahren. Er sah große herrschaftliche Kutschen und kleine Bauernkarren, und er sah Boote draußen auf dem See, alle auf dem Wege zur Kirche.

Der Junge flog über die Björkviker Kirche und über Bettna und Blacksta und Vådsbro und darauf auf Sköldinge und Floda zu. Überall hörte er die Glocken läuten. Es klang wirklich wunderschön oben in der Luft. Es war, als sei die ganze klare Luft zu Klängen und Tönen geworden.

„Eins ist wenigstens sicher", sagte der Junge, „dass überall hier im Lande, wohin ich komme, stets Kirchen mit läutenden Glocken sein werden." Und es überkam ihn ein Gefühl der Geborgenheit bei dem Gedanken, denn obwohl er nun in einer andern Welt lebte, war es doch, als könne er sich nicht ganz verirren, solange die tiefen Stimmen der Kirchenglocken ihn zurückzurufen vermochten.

Sie waren eine gute Strecke über Sörmland landeinwärts geflogen, als der Junge einen dunklen Fleck gewahrte, der sich unter ihnen auf der Erde bewegte. Zuerst glaubte er, es sei ein Hund, und er hätte wohl nicht weiter darauf geachtet, wenn er nicht bemerkt hätte, dass er sich bemühte, denselben Kurs zu halten wie sie. Er stürzte dahin über das offene Land und durch die kleinen Wälder, sprang über Gräben, setzte über Hecken und ließ sich durch nichts zurückhalten.

„Es scheint fast, als wenn Reineke Fuchs wieder sein Spiel treibt", sagte der Junge, „aber wir werden ihm schon entkommen."

Gleich darauf steigerten die Wildgänse ihren Flug zu der stärksten Schnelligkeit, zu der sie überhaupt imstande waren, und hielten damit an, solange der Fuchs sichtbar war. Als er sie nicht mehr sehen konnte, machten sie kehrt und flogen in einem großen Bogen gen Westen und Süden, fast, als sei es ihre Absicht, wieder nach Ostgotland zurückzufliegen. „Es ist doch wohl Reineke gewesen", dachte der Junge, „da Akka so abbiegt und einen anderen Weg einschlägt."

Am Abend dieses Tages flogen die Wildgänse über einem alten sörmländischen Gut, das Store Djulö heißt. Das große weiße Schloss lag da mit einem Park aus Laubbäumen hinter sich und dem Store Djulösee mit seinen vorspringenden Landzungen und hügeligen Ufern vor sich. Es sah altmodisch und traulich aus, und dem Jungen wurde ganz schwer ums Herz, als sie über den Hof flogen und er daran dachte, wie es sein würde, nach beendeter Tagesreise auf so einen Hof zu kommen, statt in einem seichten Moor oder auf einer kalten Eisfläche abgesetzt zu werden.

Aber davon konnte natürlich keine Rede sein. Die Wildgänse ließen sich dahingegen ein Stück nördlich von dem Schloss auf einer Waldwiese nieder, die so von Wasser überschwemmt war, dass nur hier und da einige Grasbüschel hervorragten. Es war dies so ungefähr das elendste Nachtlager, das der Junge auf der ganzen Reise gehabt hatte.

Er blieb auf dem Rücken der Gans sitzen und wusste nicht recht, wie er sich einrichten sollte. Dann begann er von einem Grasbüschel auf den anderen zu hüpfen, in langen Sprüngen, bis er festen Grund unter den Füßen hatte, und dann lief er schnell nach der Seite, wo das alte Schloss lag.

Nun traf es sich so, dass in einem Hause, das zu Store Djulö gehörte, gerade an diesem Abend einige Menschen um den Feuerherd beisammensaßen und plauderten. Sie hatten über die Predigt gesprochen und über die Frühjahrsbestellung und das Wetter, und als der Unterhaltungsstoff auszugehen drohte, baten sie eine alte Frau, die Mutter des Häuslers, ihnen Gespenstergeschichten zu erzählen.

Nun ist es eine bekannte Sache, dass es nirgends in Schweden einen solchen Reichtum an Schlössern und an Gespenstergeschichten gibt wie in Sörmland. Die Alte hatte in ihrer Jugend auf vielen großen Gütern gedient, und sie wusste Bescheid von so mancherlei wunderlichen Dingen, dass sie bis an den lichten Morgen hätte erzählen können. Sie erzählte so gut und so glaubwürdig, dass ihre Zuhörer nahe daran waren, es alles zu glauben. Sie zuckten förmlich zusammen, als die Alte ein paarmal in ihrer Erzählung innehielt und fragte, ob sie nichts huschen hörten. „Könnt ihr denn nicht hören, dass hier etwas herumschleicht?", sagte sie. Aber die anderen konnten nichts hören.

Als die alte Frau Geschichten aus Eriksberg und Vibyholm und Julita und Lagmansö und aus vielen anderen Häusern erzählt hatte, fragte einer, ob sich nie etwas dergleichen auf Stör Djulö zugetragen habe. „Ja, davon ist auch allerlei zu erzählen", sagte die Alte. Und da wollten sie dann alle die Sagen hören, die sich auf ihrem eigenen Schloss abgespielt hatten.

Und so erzählte denn die Alte, dass einstmals ein Schloss nördlich von Stör Djulö auf einem Hügel gelegen haben solle, wo jetzt nichts weiter war als Wald, und zu dem Schloss gehörte ein wunderschöner Garten. Da geschah es einmal, dass einer, der Herr Karl hieß und der zu jenen Zeiten über ganz Sörmland regierte, nach dem Schloss kam. Und als er gegessen und getrunken hatte, ging er in den Garten hinaus und stand lange da und sah über den Store Djulösee mit seinen schönen Ufern hin. Und wie er so dastand und sich über das freute, was er sah, und bei sich dachte, ein schöneres Land als Sörmland gebe es doch nicht auf der Welt, hörte er jemand hinter sich tief seufzen. Da wandte er sich um und sah einen alten Tagelöhner, der über seinen Spaten gebeugt stand. „Bist du es, der so tief seufzt?", fragte Herr Karl. „Was hast du nur zu seufzen?" – „Ich soll wohl seufzen, dass ich hier Tag aus, Tag ein arbeiten muss", antwortete der Tagelöhner. Aber Herr Karl hatte einen heftigen Sinn und konnte es nicht leiden, wenn Leute klagten. „Hast du keinen weiteren Grund zur Klage?", rief er. „Ich sage dir, ich würde zufrieden sein, wenn ich mein Leben lang in Sörmlands Erde graben könnte." – „Möge es Euer Gnaden gehen, wie ihr wünschet!", entgegnete der Tagelöhner.

Später aber sagte man, Herr Karl habe, als er tot war, wegen dieser Worte keine Ruhe in seinem Grabe gefunden, sondern er sei jede Nacht nach Store Djulö gekommen und habe in seinem Garten gegraben. „Ja, jetzt ist da ja weder ein Schloss noch ein Garten mehr; da, wo das einstmals gelegen, ist nur ein ganz gewöhnlicher Waldhügel. Aber es kann wohl geschehen, dass, wer in einer dunklen Nacht durch den Wald geht, den Garten erblickt."

Hier hielt die Alte inne und sah aufmerksam nach einer dunklen Ecke hinüber. „Rührte sich da nicht eben etwas?", fragte sie.

„Bewahre, Mutter, erzählt ihr nur weiter!", sagte die Schwiegertochter. „Ich sah gestern, dass die Mäuse da in der Ecke ein großes Loch genagt haben, aber ich hatte so viel anderes zu tun, dass ich vergaß, es zuzustopfen. Erzählt ihr uns nur, ob jemand den Garten gesehen hat."

„Ja", sagte die Alte, „ihr müsst wissen, dass mein eigener Vater ihn einmal gesehen hat. In einer Sommernacht kam er durch den Wald gegangen, und plötzlich sah er neben sich eine hohe Gartenmauer, und über der Mauer konnte er die herrlichsten Bäume erkennen; die waren so voller Blüten und Früchte, dass die Zweige tief über die Mauer herabhingen. Mein Vater ging ganz still näher heran und konnte nicht begreifen, woher der Garten gekommen war. Da tat sich plötzlich ein Tor in der Mauer auf, und ein Gärtner kam heraus und fragte meinen Vater, ob er seinen Garten nicht sehen wollte. Der Mann hatte einen Spaten in der Hand und er trug eine große Schürze so wie andere Gärtner, und Vater wollte gerade mit ihm gehen, als er einen Blick auf sein Gesicht warf. Im selben Augenblick erkannte mein Vater die spitze Stirnlocke und den Spitzbart. Es war leibhaftig Herr Karl, so wie mein Vater ihn auf Bildern abgebildet gesehen hatte, die in all den Schlössern hingen, wo Vater ..."

Hier wurde die Geschichte von Neuem unterbrochen. Jetzt war es ein Scheit Holz, das sprühte, sodass Funken und glühende Kohlen auf den Fußboden flogen. Einen Augenblick wurde es hell in all den dunklen Ecken der Stube, und die Alte glaubte, einen Schimmer von einem Wicht gesehen zu haben, der neben dem Mauseloch saß und der Geschichte lauschte, sich jetzt aber beeilte davonzukommen.

Die Schwiegertochter holte Besen und Aufnehmer, fegte die glühenden Kohlen zusammen und setzte sich wieder hin. „Erzählt doch weiter, Mutter!", sagte sie. Aber die Alte wollte nicht. „Jetzt mag es genug sein für heute Abend", sagte sie, und ihre Stimme klang so sonderbar. Die anderen fuhren fort, sie zu bitten, aber die Schwiegertochter sah, dass die Alte blass geworden war und dass ihre Hände zitterten. „Nein, jetzt ist Mutter müde und muss zu Bett", sagte sie.

Bald darauf kam der Junge wieder in den Wald zu den Wildgänsen zurück. Er nagte an einer Mohrrübe, die er vor dem Keller aufgelesen hatte, und fand, dass er eine herrliche Abendmahlzeit bekommen hatte. Er war so froh, dass er mehrere Stunden in der warmen Stube hatte sitzen können. „Hätte ich jetzt nur ein gutes Nachtquartier", dachte er.

Da fiel ihm ein, dass er nichts Besseres tun könne, als sein Nachtlager in einer buschigen Tanne zu suchen, die am Wege stand. Er schwang sich in den Baum hinauf und flocht ein paar Zweige zusammen, sodass er ein Bett hatte, in dem er liegen konnte.

Da lag er eine Weile und dachte an all das, was er in dem Bauerhäuschen gehört hatte, und vor allem von diesem Herrn Karl, der, wie man sagte, hier im Djulöer Walde spuken sollte. Schlief aber bald ein, und hätte sicher bis an den hellen Morgen geschlafen, wenn er nicht davon erwacht wäre, dass eine kreischende eiserne Pforte gerade unter ihm geöffnet wurde.

Der Junge ist sofort wach, reibt den Schlaf aus den Augen und sieht sich um. Ganz in seiner Nähe ist eine Mauer, so hoch wie ein Mann, und über der Mauer sieht man Bäume, die fast unter der Last ihrer Früchte brechen.

Anfänglich findet er, dass dies sehr sonderbar ist. Als er sich schlafen legte, waren da keine Obstbäume. Aber sobald er sich besonnen hat, weiß er, was für ein Garten es ist.

Das Sonderbarste von allem aber ist vielleicht, dass er gar nicht bange wird, sondern im Gegenteil eine unbezwingliche Lust empfindet, in den Garten hineinzugehen. Oben in der Tanne, wo er liegt, ist es dunkel und kalt, aber drinnen im Garten ist es hell, und es deucht ihm, als könne er Früchte und Rosen in dem starken Sonnenschein glühen sehen. Es würde guttun, sich von der Sonne bescheinen zu lassen nach all der Kälte und dem Wind und den Regen, worunter er hat leiden müssen.

Es scheint auch nichts im Wege zu sein, dass er in den Garten kommen kann. Dicht neben der Tanne, wo der Junge liegt, ist ein Tor in der hohen Mauer, und ein alter Gärtner hat gerade die großen, eisernen Türen geöffnet. Nun steht er im Tor und sieht unverwandt in den Wald hinein, als erwarte er jemand.

Sofort ist der Junge vom Baum herunter. Er geht, die Mütze in der Hand, auf den Gärtner zu, verbeugt sich und fragt, ob es erlaubt ist, den Garten zu besehen.

„Bitte schön", antwortet der Gärtner. „Tritt nur ein!"

Dann zieht er die Türen zu und verschließt sie mit einem schweren Schlüssel, den er in seinen Gürtel steckt. Währenddessen steht der Junge da und sieht ihn an. Er hat ein steifes, unbewegliches Gesicht mit einem großen Knebelbart, Spitzbart und Adlernase. Hätte er nicht eine blaue Gärtnerschürze umgehabt und einen schweren Spaten in der Hand gehalten, so würde ihn der Junge für einen alten Soldaten gehalten haben.

Der Gärtner geht mit so langen Schritten in den Garten hinein, dass der Junge laufen muss, um mitzukommen. Sie gehen auf einem schmalen Steig, und der Junge tritt versehentlich in das Gras. Sofort erhält er einen Verweis, das Gras nicht niederzutreten, und dann läuft er hinter seinem Führer her.

Der Junge hat eine Empfindung, als halte sich der Gärtner eigentlich für zu fein, seinen Garten so einem Wechselbalg, wie er es ist, zu zeigen, und er wagt nicht, ihn nach etwas zu fragen, sondern läuft nur hinterdrein. Von Zeit zu Zeit wirft ihm der Gärtner ein Wort zu. Gleich hinter der Mauer befindet sich eine Hecke, und als sie da hindurchgehen, sagt er, die nenne er den Kolmård. „Ja, groß genug ist sie, um dem Namen zu entsprechen", sagt der Junge. Aber der Gärtner macht sich nicht das Geringste daraus zu hören, was er sagt.

Dann kommen sie aus dem Buschwerk heraus, und der Junge kann ein großes Stück des Gartens übersehen. Er entdeckt gleich, dass er nicht gerade groß ist, nicht viel mehr als ein paar Tonnen Land. Die hohe Mauer beschützt ihn nach Süden und Westen zu, nach Norden und Osten aber ist er von Wasser umgeben, sodass keine Umfriedigung nötig ist.

Der Gärtner steht still, um eine Ranke aufzubinden, und währenddessen hat der Junge Zeit, sich umzusehen. Er hat nicht viele Gärten in seinem Leben gesehen, aber ein Gefühl sagt ihm, dass dieser verschieden von allen anderen ist. Er muss auf irgendeine altmodische Weise angelegt sein, denn eine solche wimmelnde Masse von kleinen Hügeln und kleinen Blumenbeeten und kleinen Hecken und kleinen Rasenflächen und kleinen Lusthäusern sieht man heutzutage nirgends. Und auch nicht so ein Gewimmel von kleinen Teichen und gewundenen Kanälen, wie man sie hier auf allen Seiten erblickt.

Überall stehen die prächtigsten Bäume und die lieblichsten Blumen, und das Wasser in den kleinen Kanälen ist dunkelgrün und klar, sodass sich alles darin spiegelt. Und der Junge findet, dass das Ganze wie ein Paradies ist. Er schlägt die Hände zusammen und ruft aus: „Nie im Leben hab' ich etwas so Hübsches gesehen! Was für ein Garten ist dies doch nur?"

Das ruft er ganz laut, und der Gärtner wendet sich sofort nach ihm um und sagt mit seiner barschen Stimme: „Dieser Garten heißt Sörmland. Wer bist denn du, dass

du das nicht einmal weißt? Er hat immer für einen der besten Gärten im Lande gegolten."

Dem Jungen wird ja ein wenig sonderlich zumute bei der Antwort, aber er hat so viel damit zu tun, sich gründlich umzusehen, dass er gar keine Zeit hat, darüber nachzudenken, was das bedeutet. So schön es ist mit allen den vielen Blumen und den Bächen, die sich dazwischen hindurchschlängeln, so ist da doch noch etwas Ergötzlicheres, nämlich alle die kleinen Lusthäuser und Puppenhäuser, mit denen der Garten angefüllt ist. Sie liegen überall, am meisten aber am Ufer der kleinen Teiche und Kanäle. Es sind keine richtigen Häuser. Sie sind so klein, als seien sie für Leute gebaut, die nicht größer sind als er, aber sie sind alle außerordentlich fein und niedlich. Da sind alle möglichen Arten: Einige sehen aus wie Schlösser mit Türmen und Flügeln, andere wie Kirchen und wieder andere wie Mühlen oder Bauerhäuser.

Sie sind so allerliebst, dass der Junge am liebsten stehen geblieben wäre, um sich jedes einzelne genauer anzusehen, aber er wagt nichts weiter zu tun, als dem Gärtner auf den Fersen zu folgen. Bald aber kommen sie an ein Gutshaus, das größer und schöner ist als irgendeins der anderen, an denen sie vorbeigekommen sind. Es ist dreistöckig mit einem Portal und vorspringenden Flügeln. Es liegt auf einem Hügel mitten zwischen Blumenanlagen, und der Weg dahin führt über einen Kanal nach dem anderen auf kleinen, zierlichen Brücken.

Der Junge wagt nicht vom Wege abzuweichen, aber als er an diesem allen vorübergehen muss, seufzt er so tief, dass der strenge Mann es hört und stehen bleibt. „Dies Haus da nenne ich Eriksberg", sagt er. „Willst du da hinein, so magst du es meinetwegen gern tun, hüte dich aber vor der Pintorpa-Frau!"

Das lässt sich Niels nicht zweimal sagen. Er läuft die Allee hinab, über die kleinen Brücken, durch den Blumengarten hinauf und in das Tor hinein. Das Ganze scheint für so einen wie ihn zugeschnitten zu sein. Die Treppenstufen haben die passende Höhe, und er kann jedes Schloss erreichen. Nie hätte er sich aber träumen lassen, dass er so viel Schönes zu sehen bekäme. Die Fußböden sind aus Eichenholz und schimmern gebohnert und blank. Die Decken sind gegipst und voll von gemalten Bildern. An den Wänden hängt ein Gemälde neben dem anderen. Die Möbel sind mit Seide überzogen, und das Holzwerk daran ist vergoldet. Er sieht Zimmer, dessen Wände ganz mit Büchern bedeckt sind, und er sieht Zimmer, in denen Tische und Schränke mit Kostbarkeiten angefüllt sind.

Wie sehr er sich auch beeilt, hat er doch noch nicht die Hälfte des Hauses besehen, als der Gärtner ihn ruft, und als er wieder hinauskommt, steht der Alte da und kaut vor Ungeduld auf seinem Knebelbart.

„Nun, wie ging es?", fragt der Gärtner. „Hast du die Pintorpa-Frau gesehen?"

Aber der Junge hat kein lebendes Wesen gesehen, und als er das sagt, verzerrt sich das Gesicht des Gärtners. „Hat die Pintorpa-Frau Ruhe gefunden und ich nicht?", sagt er, und der Junge hat nie eine Vorstellung davon gehabt, dass so viel Verzweiflung in einer Menschenstimme beben kann.

Dann geht der Gärtner wieder mit langen Schritten voran, und der Junge läuft hinterdrein und bemüht sich, soviel wie möglich von allen den merkwürdigen Dingen zu sehen. Sie gehen um einen Teich herum, der ein wenig größer ist als die anderen. Lange weiße Pavillons, die Herrenhäusern gleichen, gucken überall aus dem Buschwerk und den Blumengruppen hervor. Der Gärtner bleibt nicht stehen, sondern wirft dem Jungen in der Eile von Zeit zu Zeit ein Wort hin. „Den Teich nenne ich Yngaran. Hier siehst du Danbyholm. Hier ist Hagbyberga. Hier ist Hovsta. Hier ist Återö."

Bald darauf gelangt der Gärtner mit ein paar mächtigen Schritten an einen neuen, kleinen Teich, den er Båven rennt, da aber hört er den Jungen einen Schrei der Verwunderung ausstoßen, und nun bleibt er stehen. Der Junge steht vor einer kleinen Brücke, die zu einem Schloss führt, das in dem Teich liegt.

„Wenn du Lust hast, kannst du gern nach Vibyholm hinüberlaufen und dich dort umsehen", sagt er. „Nimm dich aber vor der Weißen Dame in Acht!"

Und der Knabe ist auf und davon, ehe der Gärtner noch ausgeredet hat. Da drinnen sind so viele Poträts an den Wänden, dass es ihm scheint wie ein Bilderbuch. Es ist hier so ergötzlich, dass er gern die ganze Nacht dageblieben wäre, aber es währt nicht lange, da hört er den Gärtner rufen. „Komm jetzt! Komm jetzt!", ruft er. „Meinst du, ich hätte nichts weiter zu tun, als hier zu stehen und auf so einen Knirps wie dich zu warten!"

Als der Junge über die Brücke gelaufen kommt, ruft er ihm entgegen: „Nun, wie ist es dir ergangen? Hast du etwas von der Weißen Dame gesehen?"

Der Junge hat kein lebendes Wesen gesehen, und das sagt er. Da haut der Alte den Spaten so gewaltsam gegen einen Stein, dass der Spaten zerspringt, und mit einer Stimme, die tief unten aus der fürchterlichsten Verzweiflung kommt, sagt er: „Hat die Weiße Dame auf Vibyholm Ruhe gefunden und ich nicht?"

Bisher haben sie sich an den südlichen Teil des Gartens gehalten, aber nun geht der Gärtner nach dem westlichen Teil hinüber. Der ist anders angelegt. Da sind große, ebene Rasenflächen, die mit Erdbeerbeeten, Kohlgärten und Fruchtbüschen abwechseln. Hier sind auch viele von den kleinen Lusthäusern, aber die meisten sind rot angestrichen; sie gleichen Bauernhöfen und sind von Hopfengärten und Kirschenbäumen umgeben. Hier bleibt der Gärtner nicht stehen, um den Jungen irgendwo hineinzulassen. Er sagt nur flüchtig: „Diese Gegend nenne ich Vingåker."

Gleich darauf steht er vor einem kleinen Gebäude still, das viel einfacher ist als alle die anderen und am meisten Ähnlichkeit mit einer Schmiede hat. „Das ist eine große Werkstatt", sagt er. „Die nenne ich Eskilstuna. Wenn du Lust hast, kannst du gerne hineingehen und dich da umsehen."

Der Junge geht hinein und sieht eine unglaubliche Menge Räder, die sich rundherum drehen, Hämmer, die schmieden, und Drehscheiben, die kreischen. Da ist so viel zu sehen, dass er gern die ganze Nacht da drinnen hier hätte bleiben können, wenn ihn der Gärtner nicht gerufen hätte.

Darauf gingen sie am See entlang an der nördlichen Seite des Gartens. Das Ufer schlängelte sich hinaus und hinein: Landzunge und Bucht, Landzunge und Bucht längs des ganzen Gartens. Vor den Landzungen liegen kleine Inseln, die durch schmale Sunde vom Lande getrennt sind. Die kleinen Inseln gehören auch mit zum Garten. Sie sind ebenso sorgfältig bepflanzt wie all das andere.

Der Junge geht an einem schönen Gehöft nach dem anderen vorüber, aber er bleibt nicht stehen, als bis er an eine prächtige rote Kirche kommt. Die sieht sehr stattlich aus, wie sie da auf einer Landzunge, von schwer beladenen Obstbäumen überschattet, liegt. Der Gärtner will wie gewöhnlich vorübergehen, aber der Junge fasst Mut und bittet um Erlaubnis, hineingehen zu dürfen. „Nun ja, dann geh' nur hinein!", sagt er. „Nimm dich aber vor Bischof Rogge in Acht! Es ist nicht unmöglich, dass er noch heutigen Tages hier in Strängnäs sein Wesen treibt."

So läuft denn der Junge in die Kirche hinein und besieht alte Grabmäler und schöne Altarbilder. Vor allem aber bewundert er einen Reiter in goldener Rüstung, den er in einer Kapelle neben dem Waffenhause entdeckt. Hier ist auch so viel zu sehen, dass er gern die ganze Nacht dageblieben wäre, aber er muss wieder fort, um den Gärtner nicht warten zu lassen.

Als er wieder herauskommt, sieht er den Gärtner stehen und einer Eule zusehen, die oben in der Luft hinter einem Rotschwänzchen herjagt. Der Alte pfeift dem Rotschwänzchen, das seinem Ruf folgt und sich auf seine Schulter setzt, und als die Eule in ihrem Jagdeifer ihm nachfliegt, jagt er sie mit dem Spaten fort. „Er ist gewiss gar nicht so schlimm, wie er aussieht", denkt der Junge, als er sieht, wie der Gärtner den armen Singvogel beschützt.

Sobald er aber den Jungen erblickt, wendet er sich nach ihm um und fragt, ob er Bischof Rogge gesehen hat. Und als der Junge mit Nein antwortet, sagt er mit dem größten Gram: „Hat Bischof Rogge Ruhe gefunden und ich nicht?"

Bald darauf kommen sie in das größte von den vielen Puppenhäusern. Es ist eine rund gemauerte Burg mit drei festen, runden Türmen, die durch lange Flügel verbunden sind.

„Wenn du Lust hast, kannst du gern hineingehen und dich umsehen!", sagt der Gärtner. „Das ist Gripsholm, und hier musst du dich in Acht nehmen, dass du nicht König Erik begegnest."

Der Junge geht durch eine tiefe Torwölbung und kommt auf einen großen, dreieckigen Hof, der von kleinen Häusern umgeben ist. Sie sind nicht gerade ansehnlich, und der Junge macht sich nichts daraus, dahinein zu gehen. Er springt nur ein paarmal Bock über zwei lange Kanonen, die da stehen, und läuft dann weiter. Durch eine zweite tiefe Torwölbung gelangt er auf einen Burghof, der von prächtigen Gebäuden umgeben ist, und dahinein geht er. Er kommt in große, altmodische Zimmer mit Querbalken an der Decke; alle Wände sind mit hohen, dunklen Gemälden bedeckt, auf denen ernste Damen und Herren in wunderlichen, steifen Trachten abgebildet sind.

In dem Stockwerk darüber sind die Zimmer heller und freundlicher. Jetzt kann er erst merken, dass er in einem königlichen Schloss ist, denn an den Wänden sieht er nichts als strahlende Porträts von Königen und Königinnen. Im obersten Stockwerk aber ist ein großer Boden, und um den herum liegen viele verschiedene Zimmer. Es sind helle Räume mit hübschen weißen Möbeln, und da ist ein kleines Theater und dicht daneben ein richtiges Gefängnis: ein Raum mit kahlen steinernen Wänden und vergitterten Fenstern und einem Fußboden, der von den schweren Schritten der Gefangenen abgenutzt ist.

Da ist so viel zu sehen, dass der Junge gern viele Tage dageblieben wäre, aber der Gärtner ruft nach ihm, und er wagt nicht, ungehorsam zu sein.

„Hast du König Erik gesehen?", fragt der Alte, als der Junge wieder herauskommt. Aber der Junge hat nichts gesehen, und da sagt der Gärtner so wie vorhin, aber in noch tieferer Verzweiflung: „Hat König Erik Ruhe gefunden und ich nicht?"

Dann gehen sie in den östlichen Teil des Gartens. Sie kommen an einem Badehaus vorüber, das der Gärtner Södertelje nennt, und an einem alten Schloss, das er Hörningsholm nennt. Hier ist übrigens nicht so viel zu sehen. Es wimmelt hier von Felsen und Klippen, die immer öder und kahler werden, je weiter hinaus sie liegen. Jetzt biegen sie nach Süden ab, und der Junge erkennt die Hecke, die Kolmård heißt, und er kann sehen, dass sie sich dem Ausgang nähern.

Er freut sich, dass er das alles gesehen hat, und als er in der Nähe der großen Gitterpforte angelangt ist, will er dem Gärtner gern danken. Aber der Alte hört gar nicht auf das, was er sagt, sondern geht geradeswegs auf die Pforte zu. Da wendet er sich nach dem Jungen um und reicht ihm seinen Spaten. „Halte mir den, während ich die Pforte aufschließe."

Aber dem Jungen tut es leid, dass er dem barschen, alten Mann so viel Mühe gemacht hat, und er will ihm weitere Ungelegenheit ersparen. „Ihr braucht die schwere Pforte meinetwegen gar nicht aufzuschließen", sagt er, und im selben Augenblick schlüpft er zwischen den eisernen Stangen hindurch. Das ist die leichteste Sache von der Welt für ihn.

Er tut das in der allerbesten Absicht, und er ist sehr verwundert, als er den Gärtner hinter seinem Rücken einen Zornesruf ausstoßen hört und sieht, wie er mit den Füßen stampft und an dem eisernen Gitter rüttelt.

„Was ist das? Was ist das?", fragt der Junge. „Ich wollte Euch ja nur die Mühe ersparen. Warum seid ihr so böse?"

„Sollte ich nicht böse sein!", erwidert der Alte. „Es bedürfte nichts weiter, als dass du den Spaten nahmst, dann hättest du hier umhergehen und den Garten pflegen müssen, und ich wäre abgelöst gewesen. Jetzt weiß ich nicht, wie lange ich hier noch umhergehen muss."

Und dabei rüttelt er an dem Gitter und sieht entsetzlich zornig aus, aber der Knabe kann nicht anders, er muss ihn bemitleiden, und er versucht, ihn zu trösten.

„Ihr müsst nicht so betrübt darüber sein, Herr Karl von Södermanland", sagte er, „denn niemand würde Euren Garten so gut pflegen, wie ihr es tut."

Als der Junge das sagt, wird der alte Gärtner ganz still und stumm, und es ist dem Jungen, als gehe ein Leuchten über seine harten Züge. Aber er kann es nicht deutlich sehen, denn im selben Augenblick verblasst die ganze Gestalt und schwindet wie ein Nebel. Und nicht er allein, sondern der ganze Garten verblasst und verschwindet mit Blumen und Früchten und Sonnenschein, und da, wo er eben noch gelegen, ist nichts weiter zu sehen als der wilde Wald.

Bei den Kirchen

Sonntag, 1. Mai

Als der Junge am nächsten Morgen erwachte und sich auf das Eis hinabgleiten ließ, konnte er sich eines Lachens nicht erwehren. In der Nacht war eine Menge Schnee gefallen, und es schneite noch immer weiter. Die ganze Luft war voll weißer Flocken, die so groß waren, dass man, ehe sie fielen, gut hätte glauben können, es seien die Flügel erfrorener Schmetterlinge. Auf dem See lag der Schnee mehr als zollhoch, die Ufer waren weiß, und die Wildgänse waren so beschneit, dass sie aussahen wie kleine Schneewehen.

Von Zeit zu Zeit bewegten sich Akka oder Yksi oder Kaksi ein wenig, aber wenn sie sahen, dass es noch immer schneite, steckten sie schnell den Kopf wieder unter die Flügel. Sie fanden wohl, dass sie in einem solchen Wetter nichts Besseres tun konnten als schlafen, und darin musste der Junge ihnen recht geben.

Einige Stunden später erwachte er von dem Läuten der Rättviker Kirchenglocken. Jetzt hatte das Schneewetter aufgehört, aber es wehte scharf aus Norden, und draußen auf dem See war es schneidend kalt. Er freute sich, als die Wildgänse endlich den Schnee abschüttelten und dem Lande zuflogen, um sich Fressen zu verschaffen.

An jenem Tage war Konfirmation in der Rättviker Kirche, und die Konfirmanden, die rechtzeitig gekommen waren, standen in kleinen Gruppen vor der Kirche und sprachen miteinander. Sie trugen alle die Tracht der Gegend, und ihre Kleider waren so neu und bunt, dass sie förmlich schimmerten. „Liebe Mutter Akka, fliege hier ein wenig langsamer", sagte der Junge, als die Wildgänse geflogen kamen, „damit ich die jungen Leute sehen kann!" Die Führergans fand scheinbar, dass das ein billiges Verlangen war, denn sie ließ sich so tief hinab, wie sie nur konnte, und flog dreimal um die Kirche herum. Es ist nicht leicht zu sagen, wie es sich in Wirklichkeit verhielt, aber als Niels Holgersen die Knaben und die Mädchen von da oben erblickte, meinte er, nie eine Schar prächtigerer junger Menschenkinder gesehen zu haben. „Ich glaube nicht, dass es feinere Prinzen und Prinzessinnen im Schloss des Königs gibt", sagte er zu sich selbst.

Es war ziemlich viel Schnee gefallen. In Rättvik bedeckte er alle Felder, und Akka war nicht imstande, auch nur eine Stelle zu entdecken, wo sie sich niederlassen konnte. Da besann sie sich nicht lange, sondern flog südwärts nach Leksand hinab.

In Leksand waren, wie gewöhnlich im Frühling, die meisten der jungen Leute fortgegangen, um Arbeit zu suchen. Es waren kaum andere daheim im Dorf als die Alten, und als die Wildgänse geflogen kamen, wanderte eine lange Reihe alter Frauen durch die stattliche Birkenallee, die zur Kirche hinaufführt. Sie kamen dahergegangen auf der weißen Erde zwischen den weißstämmigen Birken in schneeweißen Schaffelljacken, weißen Pelzkleidern, gelben oder schwarz und weiß gestreiften Schürzen und mit weißen Mützen, die das weiße Haar fest umschlossen.

„Liebe Mutter Akka", sagte der Junge, „fliege hier ein wenig langsamer, damit ich mir die alten Leute ansehen kann!" Die Führergans fand scheinbar, dass das ein billiges Verlangen war, denn sie ließ sich so tief hinab, wie sie es nur wagen konnte, und flog dreimal über der Birkenallee hin und her. Es ist nicht leicht zu sagen, wie es sich in Wirklichkeit verhielt, aber der Junge meinte, nie alte Frauen gesehen zu haben, die so klug und milde aussahen. „Diese alten Frauen sehen so aus, als wenn sie Könige zu Söhnen und Königinnen zu Töchtern hätten", sagte der Junge zu sich selbst.

Aber in Leksand war es nicht besser als in Rättvik. Überall lag hoher Schnee, und Akka sah keinen anderen Ausweg, als die Reise südwärts bis nach Gagnef fortzusetzen.

In Gagnef hatte an jenem Tage vor dem Gottesdienst eine Beerdigung stattgefunden. Der Leichenzug war spät zur Kirche gekommen, und hinterher war das Begräbnis in die Länge gezogen. Als die Wildgänse geflogen kamen, waren noch nicht alle in die Kirche gegangen; verschiedene Frauen gingen noch auf dem Kirchhof herum und sahen nach ihren Gräbern. Sie hatten grüne Taillen an mit roten Ärmeln, und auf dem Kopf hatten sie bunte Tücher mit farbigen Fransen.

„Liebe Mutter Akka, fliege hier ein wenig langsamer", sagte der Junge, und die Wildgans fand scheinbar, dass das ein billiges Verlangen war, denn sie ließ sich so tief nieder, wie sie es nur wagen konnte, und flog dreimal über den Kirchhof hin und her. Es ist schwer zu sagen, wie es sich in Wirklichkeit verhielt, aber als der Junge die Frauen von dort oben durch die Bäume des Kirchhofes sah, fand er, dass sie den schönsten Blumen glichen. „Sie sehen alle zusammen so aus, als wären sie auf einem Beet in des Königs eigenem Garten gewachsen", dachte er.

Aber auch in Gagnef war nicht ein einziger Fleck, der frei von Schnee war, und die Wildgänse wussten keinen besseren Rat, als weiter gen Süden nach Floda zu fliegen.

In Floda saßen die Leute in der Kirche, als die Wildgänse geflogen kamen, aber es sollte an dem Tage eine Hochzeit stattfinden, sobald der Gottesdienst beendet war, und die Hochzeitsgesellschaft stand draußen auf dem Kirchenhügel aufgestellt. Die Braut trug eine Goldkrone über dem ausgekämmten Haar und war so mit Schmucksachen und Blumen und bunten Bändern behängt, dass einem die Augen förmlich wehtaten, wenn man sie ansah. Der Bräutigam ging in einem langen blauen Rock, in Kniehosen und roter Mütze umher. Die Bauermädchen hatten Kleider an, die an der Taille wie auch rings um den Rock mit Rosen und Tulpen bestickt waren. Die Eltern und Nachbarn folgten im Zuge in ihren bunten Trachten.

„Liebe Mutter Akka, fliege hier ein wenig langsamer", bat der Junge, und die Führergans ließ sich so tief hinab, wie sie es nur wagen konnte, und flog dreimal über dem Kirchenhügel hin und her. Es ist schwer zu sagen, wie es sich in Wirklichkeit verhielt, aber so wie der Junge sie von hier oben sah, meinte er, eine so liebliche Braut und einen so stolzen Bräutigam und ein so prächtiges Brautgefolge könne es nirgends anders geben. „Ich möchte wohl wissen, ob der König und die Königin in ihrem hohen Schloss feiner sind", dachte er bei sich selbst.

Aber hier in Floda fanden die Wildgänse endlich schneefreie Felder, sodass sie nicht weiter zu fliegen brauchten, um Futter zu suchen.

Stockholm

Sonnabend, 7. Mai.

Vor einigen Jahren wohnte auf „der Schanze", in dem großen Park bei Stockholm, wo man so viele merkwürdige Dinge gesammelt hat, ein altes Männchen namens Klement Larsson. Er stammte aus Helsingland und war nach der Schanze gekommen, um Volkstänze und andere alte Melodien auf seiner Violine zu spielen. Als Spielmann trat er hauptsächlich des Nachmittags auf, am Vormittag hatte er in der Regel die Aufsicht in einem der kleinen Bauernhäuser, die aus allen Teilen des Landes nach der Schanze geschafft sind.

Zu Anfang fand Klement, dass er in seinen alten Tagen besser gestellt sei, als er es sich jemals hatte träumen lassen, aber nach einiger Zeit fing er an, sich entsetzlich zu langweilen, namentlich wenn er die Aufsicht führen sollte. Es ging allenfalls an, wenn Leute kamen, um das Haus anzusehen, aber es konnte geschehen, dass Klement viele Stunden ganz allein dasaß. Dann befiel ihn ein solches Heimweh, dass er fürchtete, er werde sich gezwungen sehen, seine Stellung aufzugeben. Er war aber sehr arm und wusste, dass er daheim ins Armenhaus kommen würde. Daher suchte er so lange wie möglich auszuhalten, obwohl er mit jedem Tage, der verging, unglücklicher wurde.

Eines schönen Nachmittags in den ersten Maientagen hatte Klement einige Stunden frei und war auf dem

Wege, der über einen steilen Hügel von der Schanze abwärts führt, als er einem Schärenfischer begegnete, der einen Kasten auf dem Rücken trug. Es war ein junger, rüstiger Mann, der nach der Schanze zu kommen pflegte, um Seevögel feilzubieten, die er lebendig gefangen hatte, und Klement hatte schon oft mit ihm geplaudert.

Der Fischer hielt Klement an, um zu fragen, ob der Vorsteher auf der Schanze zu Hause sei, und als Klement hierauf geantwortet hatte, fragte er seinerseits, was denn der Fischer in seinem Kasten habe. „Du darfst sehen, was ich habe", sagte der Fischer, „wenn du mir dafür einen guten Rat geben und mir sagen willst, was ich für meinen Fang fordern kann."

Er reichte Klement den Kasten. Der guckte erst einmal hinein und dann noch einmal und zog sich darauf schleunigst ein paar Schritte zurück. „Was in aller Welt ist denn das, Asbjörn?", fragte er. „Wo hast du den gekapert?"

Er musste daran denken, dass ihm seine Mutter, als er noch klein war, von den „Männlein" erzählt hatte, die unter dem Estrich der Scheune wohnten. Er durfte nicht weinen und nicht unartig sein, denn dann wurden die Männlein böse. Als er erwachsen war, glaubte er, die Mutter habe dies mit den Männlein ersonnen, um ihn in Schock zu halten. Das war also nicht der Fall gewesen, denn dort in Asbjörns Kasten lag so ein Männlein.

Es war etwas von der Angst des Kindes bei Klement zurückgeblieben, und es lief ihm kalt den Rücken hinab, sobald er in den Kasten sah. Asbjörn merkte, dass er bange war, und fing an zu lachen, Klement aber nahm die Sache sehr ernst. „Erzähle mir doch, wo du ihn gefunden hast, Asbjörn", sagte er. – „Ich habe ihm nicht aufgelauert", sagte Asbjörn, „er ist zu mir gekommen. Ich fuhr heute morgen in aller Frühe hinaus und nahm meine Flinte mit ins Boot. Kaum war ich auf offener See, als ich einige Wildgänse erblickte, die mit lautem Geschrei von Osten kamen. Ich sandte ihnen einen Schuss nach, traf aber keine. Stattdessen stürzte dieser kleine Kerl herab und fiel so dicht bei dem Boot ins Wasser, dass ich nur die Hand auszustrecken brauchte, um ihn zu fangen." – „Du hast ihn doch nicht verletzt, Asbjörn?" – „Nicht die Spur, er ist munter und gesund. Aber gleich nachdem er angeflogen kam, war er nicht bei Besinnung, und das benutzte ich, um ihm Hände und Füße mit einem Stück Bindfaden zusammenzubinden, damit er mir nicht entfliehen sollte. Denn ich dachte mir ja gleich, dass es etwas für die Schanze sein würde."

Während der Fischer erzählte, wurde Klement merkwürdig unruhig. Alles, was er in seiner Kindheit von den Männlein gehört hatte, von ihrer Rachsucht gegen Feinde und ihrer Güte gegen Freunde, fiel ihm wieder ein. Wer einen von ihnen gefangen hatte, dem war es nie im Leben gut ergangen. „Du hättest ihm sofort seine Freiheit schenken sollen, Asbjörn", sagte er.

„Fast hätte ich ihn wirklich wieder laufen lassen müssen", sagte der Fischer. „Denn, denk' nur, Klement, die Wildgänse verfolgten mich bis nach Hause, und den ganzen Morgen flogen sie über der Schäre hin und her und schrien, als verlangten sie, dass ich ihn zurückgeben sollte. Und nicht genug damit, auch das ganze Vogelvolk draußen bei uns, Möwen und Seeschwalben und alle die anderen, die keinen ehrlichen Schuss Pulver wert sind, kamen und ließen sich auf der Schäre nieder und machten einen fürchterlichen Spektakel, und sobald ich aus dem Hause ging, umflatterten sie mich, sodass ich wieder umkehren musste. Meine Frau bat mich, ihn laufen zu lassen, aber ich hatte es mir in den Kopf gesetzt, dass er hierher, nach der Schanze sollte. Und da stellte ich denn eine von den Puppen der Kinder ins Fenster, versteckte den Kleinen ganz unten im Kasten und machte mich auf den Weg. Und die Vögel glaubten offenbar, dass er da am Fenster stünde, denn sie ließen mich gehen, ohne mich zu verfolgen."

„Sagt er denn gar nichts?", fragte Klement. – „Ja, zuerst versuchte er, den Vögeln etwas zuzurufen, aber davon wollte ich nichts wissen, da hab' ich ihm einen Knebel in den Mund gesteckt." – „Aber Asbjörn", sagte Klement, „wie kannst du nur so gegen ihn handeln! Begreifst du denn nicht, dass er etwas Übernatürliches ist?" – „Ich weiß nicht, welcher Art er ist, das auszutüfteln überlasse ich anderen. Ich bin zufrieden, wenn ich nur gut für ihn bezahlt bekomme. Sag' du mir jetzt, Klement, was, meinst du, wird mir der Doktor auf der Schanze für ihn geben?"

Klement besann sich lange, ehe er antwortete. Aber es hatte ihn eine so sonderbare Unruhe um des Kleinen willen befallen. Es war ganz, als stünde seine Mutter neben ihm und sagte, er müsse immer gut gegen die Männlein sein. „Ich weiß nicht, was es dem Doktor da oben belieben mag, dir zu bezahlen, Asbjörn", sagte er. „Aber wenn du ihn mir lassen willst, so will ich dir zwanzig Kronen dafür bezahlen."

Als der Spielmann die große Summe nannte, sah Asbjörn ihn mit grenzenlosem Staunen an. Er dachte,

Klement glaube, dass der Kleine eine heimliche Macht besitze und ihm von Nutzen sein könne. Er war keineswegs sicher, dass der Doktor eine so hohe Meinung von seinem Fang haben und ihm einen so hohen Preis dafür bezahlen werde. Und so nahm er denn Klements Anerbieten an.

Der Spielmann steckte seinen Kauf in eine seiner geräumigen Taschen, kehrte nach der Schanze zurück und ging in eine der Sennhütten, wo weder Besuch noch Aufsicht war. Er zog die Tür hinter sich zu, nahm den Kleinen heraus und legte ihn vorsichtig auf eine Bank; der war noch an Händen und Füßen gebunden und sein Mund war zugestopft.

„Höre jetzt, was ich sage", begann Klement. „Ich weiß sehr wohl, dass Leute deiner Art nicht gern von Menschen gesehen werden, sondern lieber still umhergehen und die Dinge auf eigene Hand ordnen mögen. Darum habe ich gedacht, dir deine Freiheit zu geben, jedoch nur unter der Bedingung, dass du hier im Park bleibst, bis ich dir erlaube, von hier fortzugehen. Gehst du darauf ein, so nicke dreimal mit dem Kopf."

Klement sah den Kleinen erwartungsvoll an, der aber rührte sich nicht.

„Du sollst es schon gut haben", sagte Klement. „Ich will dir jeden Tag Essen hinstellen, und ich glaube, du wirst hier viel zu tun bekommen, sodass dir die Zeit nicht lang wird. Aber du darfst nirgends hinreisen, ehe ich dir die Erlaubnis dazu gebe. Wir können ein Zeichen verabreden. Solange ich dir Essen in einer weißen Schale hinsetze, sollst du hierbleiben. Stelle ich dir aber eine blaue Schale hin, so darfst du reisen."

Wieder schwieg Klement und er wartete, dass der Kleine ein Zeichen geben sollte, der aber rührte sich nicht.

„Ja", sagte Klement, „dann bleibt mir wohl nichts weiter übrig, als dich dem Herrn hier zu zeigen. Und dann wirst du in einen Glasschrank gesetzt, und alle Menschen in ganz Stockholm kommen, um dich zu sehen."

Dies schien den Kleinen jedoch zu erschrecken, und kaum hatte Klement ausgeredet, als er das Zeichen gab.

„Das ist recht", sagte Klement, nahm sein Messer und durchschnitt die Schnur, mit der die Hände des Kleinen gebunden waren. Dann ging er schnell auf die Tür zu.

Der Junge löste das Band um seine Knöchel und nahm den Knebel aus dem Munde, ehe er an etwas anderes dachte. Als er sich dann nach Klement Larsson umwandte, um ihm zu danken, war der schon verschwunden.

Klement war kaum zur Tür hinausgekommen, als er einem schönen und vornehmen alten Herrn begegnete, der sich offenbar auf dem Wege nach einem herrlichen Aussichtspunkt dort in der Nähe befand. Klement konnte sich nicht entsinnen, den vornehmen alten Herrn schon früher gesehen zu haben, der aber hatte Klement offenbar einmal bemerkt, als er Violine spielte, denn er hielt ihn an und ließ sich auf ein Gespräch mit ihm ein.

„Guten Tag, Klement", sagte er. „Wie geht es dir? Du bist doch nicht krank? Ich finde, du bist in der letzten Zeit so mager geworden."

Der alte Herr hatte etwas so unbeschreiblich Freundliches, dass Klement Mut fasste und ihm erzählte, wie sehr er unter dem Heimweh leide.

„Aber hör' einmal!", sagte der alte vornehme Herr. „Du sehnst dich nach Hause, wenn du in Stockholm bist? Das kann doch nicht möglich sein!"

Und der vornehme alte Herr sah beinahe beleidigt aus. Aber dann mochte ihm wohl einfallen, dass der, zu dem er sprach, nur ein unwissender alter Bauersmann aus Helsingland war, und da wurde er wieder so wie vorher.

„Du hast wohl noch nie gehört, wie Stockholm entstanden ist, Klement. Wüsstest du das, so würdest du verstehen, dass es nur eine Einbildung von dir ist, wenn du dich von hier wegsehnst. Komme mit mir nach der Bank da, dann will ich dir ein wenig von Stockholm erzählen."

Als der vornehme alte Mann sich auf die Bank gesetzt hatte, sah er erst eine Weile auf Stockholm hinab, das in all seiner Pracht unter ihm ausgebreitet lag, und dann atmete er tief auf, als wolle er die ganze Schönheit der Stadt einatmen. Darauf wandte er sich an den Spielmann.

„Sieh einmal, Klement", sagte er, und während er sprach, zeichnete er in dem Kiesgang zu ihren Füßen eine kleine Karte. „Hier liegt Uppland, und hier schiebt es nach Süden zu eine Landzunge vor, in die eine Menge Buchten einschneiden. Und hier kommt Sörmland mit einer anderen Landzunge, die ebenso eingeschnitten ist und schnurgerade nach Norden geht. Und hier kommt ein See von Westen her, der ist voller Inseln: Das ist der Mälar. Und hier kommt von Osten her ein anderes Gewässer, das vor lauter Inseln und Schären kaum weiterkommen kann, das ist die Ostsee. Und hier, Klement, wo Uppland sich mit Sörmland begegnet und der Mälarsee mit der Ostsee zusammentrifft, läuft ein kleiner Fluss, der heißt Norrström, und mitten im Norrström liegen drei Werder.

Anfangs waren diese Werder nichts weiter als gewöhnliche Werder mit ein paar Bäumen darauf von der Art, wie sie noch heute zahlreich im Mälar liegen, und sie lagen lange Zeit ganz unbewohnt da. Eine gute Lage hatten sie ja freilich, da sie mitten zwischen zwei Gewässern und zwei Landschaften lagen, aber das beachtete niemand. Ein Jahr nach dem anderen ging dahin. Die Leute siedelten sich auf den Mälarinseln und draußen in den Schären an, aber die drei Werder im Strom bekamen keine Einwohner. Ausnahmsweise konnte es wohl einmal geschehen, dass ein Schiffer bei einem von ihnen anlegte und sein Zelt für die Nacht dort aufschlug.

Niemand aber blieb dauernd dort.

Es war schon spät im Sommer, und das Wetter war noch schön, obwohl die Abende bereits anfingen, dunkel zu werden. Der Fischer zog sein Boot an Land, legte sich daneben, den Kopf auf einem Stein, und schlief ein. Als er erwachte, war der Mond schon lange aufgegangen. Er stand gerade über seinem Kopf und leuchtete gar prächtig, sodass es fast ganz hell war.

Der Mann fuhr in die Höhe und wollte eben das Boot ins Wasser schieben, als er eine Menge schwarzer Punkte sich draußen auf dem Meer bewegen sah. Es war eine große Schar Seehunde, die in voller Fahrt auf den Werder zukamen. Als der Fischer sah, dass die Seehunde scheinbar an Land kriechen wollten, duckte er sich nieder, um nach seinem Spieß zu suchen, den er immer im Boot bei sich hatte. Als er sich aber wieder aufrichtete, waren keine Seehunde mehr zu sehen; statt ihrer standen am Ufer des Sees die schönsten jungen Mädchen in schleppenden, grünen seidenen Gewändern und mit

Perlenkränzen im Haar. Da begriff der Fischer, dass es Meerjungfrauen waren, die auf den öden Schären, weit draußen im Meer, wohnten und die nun Seehundkleider angelegt hatten, um an Land zu schwimmen und sich im Mondschein auf den grünen Werdern zu belustigen.

Ganz leise legte er den Spieß wieder hin, und als die Meerjungfrauen auf den Werder hinaufkamen, um zu spielen, schlich er hinterdrein und betrachtete sie. Er hatte gehört, dass die Meerjungfrauen so schön und anmutig sein sollten, dass niemand sie sehen könne, ohne von ihrer Schönheit bezaubert zu sein, und er musste zugeben, dass dies keine Übertreibung war.

Als er ihrem Tanz unter den Bäumen eine Weile zugesehen hatte, ging er an den Strand hinab, nahm eines der Seehundkleider, die dort lagen, und versteckte es unter einem Stein. Dann kehrte er nach seinem Boot zurück, legte sich daneben und stellte sich schlafend.

Bald darauf sah er die Meerjungfrauen an den Strand hinabkommen, um die Seehundkleider anzuziehen. Anfangs war alles Spiel und Fröhlichkeit, bald aber verwandelte es sich in Jammer und Klagen, weil eine von ihnen ihr Gewand nicht finden konnte. Sie liefen alle am Ufer hin und her und halfen ihr suchen, keine aber fand es. Während sie so liefen und suchten, sahen sie, dass der Himmel hell wurde und dass der Tag nahe war. Da schien es, als könnten sie nicht länger bleiben, sie schwammen alle davon bis auf diejenige, die kein Seehundkleid hatte. Die blieb am Strande sitzen und weinte.

Der Fischer hatte ja freilich großes Mitleid mit ihr, aber er zwang sich, ruhig liegen zu bleiben, bis es heller Tag geworden war. Da stand er auf und schob das Boot in die

See hinaus, und als er die Ruder schon erhoben hatte, tat er so, als erblicke er sie ganz zufällig. ‚Was für eine bist denn du?', rief er. ‚Bist du eine Schiffbrüchige?'

Sie stürzte auf ihn zu und fragte, ob er nicht ihr Seehundkleid gesehen habe, der Fischer aber tat so, als verstehe er nicht einmal, wonach sie ihn fragte. Da setzte sie sich wieder hin und weinte, aber nun schlug er ihr vor, zu ihm in sein Boot zu kommen. ‚Komm mit nach Hause in meine Hütte', sagte er. ‚Dann kann meine Mutter sich deiner annehmen. Du kannst doch nicht hier auf dem Werder sitzen bleiben, wo du weder ein Bett noch einen Bissen Essen bekommen kannst!' Und er sprach so gut, dass sie sich überreden ließ, zu ihm in das Boot zu kommen.

Der Fischer wie auch seine Mutter waren unbeschreiblich gut gegen die arme Meerjungfrau, und sie schien sich sehr wohl bei ihnen zu befinden. Mit jedem Tage wurde sie fröhlicher, sie half der Alten bei der Arbeit und war ganz so wie ein Fischermädchen, nur dass sie viel schöner war als alle die anderen. Eines Tages fragte der Fischer sie, ob sie seine Frau werden wolle, und dagegen hatte sie nichts einzuwenden; sie sagte sogleich Ja. Da rüstete man zur Hochzeit, und als die Meerjungfrau als Braut geschmückt werden sollte, zog sie ihr grünes seidenes Kleid an und flocht den schimmernden Perlenkranz in ihr Haar, so wie sie gekleidet gewesen war, als der Fischer sie zum ersten Mal gesehen hatte. In jenen Zeiten gab es in den Schären weder Pfarrer noch Kirche. Die Brautleute setzten sich in ein Boot und ruderten auf den Mälar und ließen sich in der ersten Kirche trauen, zu der sie kamen.

Der Fischer hatte seine Braut und seine Mutter im Boot und er segelte so gut, dass er allen anderen voraus war. Als er so weit gekommen war, dass er den Werder im Strom sehen konnte, wo er seine Braut gewonnen hatte, die nun so stolz und geschmückt an seiner Seite saß, konnte er sich eines Lachens nicht erwehren. ‚Worüber lachst du?‘, fragte sie. – ‚Ach, ich denke an die Nacht, als ich dein Seehundkleid versteckte‘, antwortete der Fischer, denn nun fühlte er sich ihrer so sicher, dass er meinte, er brauche ihr nichts mehr zu verbergen. – ‚Was sagst du da?‘, fragte die Braut. ‚Ich habe doch nie ein Seehundkleid besessen.‘ Es war, als habe sie alles vergessen. ‚Weißt du denn nicht mehr, wie du mit den Meerjungfrauen getanzt hast?‘, fragte er. – ‚Ich weiß nicht, was du meinst‘, sagte die Braut. ‚Ich glaube, du hast über Nacht einen wunderlichen Traum gehabt.‘

‚Wenn ich dir nun dein Seehundkleid zeige, wirst du mir dann glauben?‘, fragte der Fischer und steuerte im selben Augenblick auf die Insel zu. Sie gingen an Land und sie fanden das Gewand unter dem Stein, wo er es versteckt hatte.

Kaum aber sah die Braut das Seehundkleid, als sie es ihm entriss und sich über den Kopf warf. Es umschloss sie, als sei es lebend, und sie stürzte sich sofort in den Strom. Der Bräutigam sah sie davonschwimmen; er sprang ihr nach ins Wasser, konnte sie aber nicht erreichen. Als er sah, dass er sie auf keine andere Weise zurückhalten konnte, griff er in seiner Verzweiflung nach dem Spieß und warf ihn nach ihr. Er traf besser, als er gewollt hatte, denn die arme Seejungfrau stieß einen klagenden Schrei aus und verschwand in der Tiefe.

Der Fischer blieb am Strande stehen und wartete darauf, dass sie wieder zum Vorschein kommen würde. Da aber sah er, dass sich ein milder Schein ringsumher über das Wasser verbreitete. Es strahlte in einer Schönheit, wie er nie zuvor etwas Ähnliches gesehen hatte. Es schimmerte und glitzerte rosenrot und weiß, so wie die Farben im Innern einer Muschel schillern.

Als die glitzernden Wellen gegen das Ufer schlugen, war es dem Fischer, als wenn auch die sich veränderten. Sie waren voller Blumen und Duft, ein milder Glanz lag über ihnen, sodass sie eine Schönheit erhielten, wie sie sie nie zuvor besessen hatten.

Und er verstand, woher dies alles kam. Denn mit den Seejungfrauen verhält es sich so, dass, wer sie sieht, sie schöner finden muss als alle anderen, und als sich nun das Blut der Meerjungfrauen mit dem Wasser vermischte und an den Ufern hinaufschlug, ging ihre Schönheit auch auf die Ufer über, und fortan mussten alle, die sie sahen, sie lieben und sich von Sehnsucht zu ihnen hingezogen fühlen."

Als der vornehme alte Herr in seiner Erzählung so weit gekommen war, wandte er sich nach Klement um und sah ihn an, und Klement nickte ihm ernsthaft zu, sagte aber nichts, um die Erzählung nicht zu unterbrechen.

„Nun musst du achtgeben, Klement", fuhr der alte Herr fort, und es kam auf einmal ein schelmisches Aufblitzen in seine Augen, „dass seit jener Zeit die Leute anfingen, sich auf den Werdern niederzulassen. Zuerst waren es nur Fischer und Bauern, die sich da draußen ansiedelten, aber eines schönen Tages kamen der König und sein Jarl den Strom hinaufgefahren. Sie sprachen sogleich

von den drei Werdern, und sie machten einander darauf aufmerksam, dass jedes Schiff, das in den Mälarsee hineinsegeln wollte, an ihnen vorüberfahren müsse. Und der Jarl sagte, hier müsse man ein Schloss vor das Fahrwasser legen, das man nach Belieben öffnen und schließen könne: Die Handelsschiffe müssten hineingelassen und die Seeräuberflotten ausgeschlossen werden.

„Und siehst du, daraus wurde Ernst", sagte der alte Herr und erhob sich und begann wieder mit seinem Stock im Sand zu zeichnen. „Auf der größten von den Inseln hier baute der Jarl eine Burg mit einem großen Wachtturm, der Kärnan genannt wurde. Und rings um den Werder baute er Mauern, wie du es hier siehst. Und hier nach Süden zu setzte er ein Tor in die Mauer und einen starken Turm darüber. Er baute Brücken zu den anderen Werdern hinüber und versah auch die mit hohen Türmen. Und draußen im Wasser, rings um das alles herum, errichtete er einen Kreis von Pfählen mit Schlagbäumen, die geöffnet und geschlossen werden konnten, sodass keine Schiffe ohne seine Erlaubnis vorübersegeln konnten.

Du siehst also, Klement, dass die drei Werder, die hier so lange unbeachtet gelegen haben, sehr bald eine starke Festung wurden. Aber nicht genug damit. Diese Küsten und Sunde ziehen Menschen an, und bald kamen von allen Seiten Leute herbei und siedelten sich auf den Werdern an. Um dieser Menschen willen erbaute der Jarl eine Kirche, die bald den Namen Storkyrka erhielt. Sie lag hier, dicht neben der Burg, und hier innerhalb der Mauern lagen die kleinen Hütten, die sich die Ansiedler zimmerten. Viel Staat war nicht damit zu machen, aber mehr war zu jener Zeit nicht erforderlich, um als Stadt zu gelten. Und die Stadt wurde Stockholm genannt, und so heißt sie noch heutigen Tages.

Und dann kam die Zeit, Klement, wo der Jarl nach seiner großen Arbeit zur Ruhe gehen musste, und doch sollte es Stockholm nicht an Baumeistern fehlen. Es kamen Mönche ins Land – Schwarze Brüder nannten sie sich – und Stockholm zog sie an sich, sodass sie um Erlaubnis baten, sich dort ein Kloster bauen zu dürfen. Es wurde auch auf dem Stadtholm, auf der anderen Seite der Storkyrka gebaut. Und es kamen andere Mönche, die sich die Grauen Brüder nannten. Auch sie baten um Erlaubnis, in Stockholm zu bauen, aber es war wohl kein Platz zu ihrem Kloster auf dem großen Werder. Deswegen wurde es auf einem der kleineren errichtet, auf dem, der nach dem Mälar hinaus liegt und der seit jener Zeit Graamunkeholmen heißt. Der dritte Werder wurde von frommen Brüdern bebaut, die sich Heiligegeistbrüder nannten und sich hauptsächlich mit Krankenpflege beschäftigten. Sie bauten hier ein Krankenhaus, und nach ihnen heißt der Werder Helgandsholm.

Sieh, nun waren die drei Werder schon voller Häuser, Klement, aber es strömten noch immer Leute herbei, denn diese Küsten und Sunde sind, wie du weißt, so, dass sie die Menschen anziehen. Da kamen fromme Frauen vom Sankte-Klara-Orden und baten um Baugrund. Ihnen blieb nichts weiter übrig, als sich am nördlichen Ufer anzusiedeln, auf Nörrmalm, wie es hieß. Sie waren sicher nicht übermäßig zufrieden hiermit, denn über Nörrmalm läuft ein hoher Bergrücken, und dort hatte die Stadt ihren Galgenberg, sodass dies eine verachtete Gegend war. Trotzdem bauten die Klaraschwestern ihre Kirche und ihr großes Klostergebäude an dem Ufer, gerade unter dem Bergrücken. Und als sie sich erst in dieser Gegend niedergelassen hatten, bekamen sie bald Nachahmer. Ein gutes Stück nördlich von der Stadt, oben auf dem Bergrücken selbst, baute man ein Krankenhaus mit einer Kirche, die Sankt Jörgen geweiht wurde, und gerade unter dem Bergrücken wurde eine Kirche für Sankt Jakob errichtet.

Auch auf Södermalm, wo sich die Felsenklippe steil aus dem See erhebt, begann man zu bauen. Dort errichtete man eine Kirche zu Ehren der Jungfrau Maria.

Aber du musst nicht glauben, dass nur Klosterleute nach Stockholm zogen, Klement. Da waren auch viele andere. Vor allem waren da eine Menge deutscher Kaufleute und Handwerker. Sie waren tüchtiger als die schwedischen und wurden gut aufgenommen. Sie ließen sich in der Stadt innerhalb der Mauern nieder, rissen die armseligen kleinen Häuser herunter, die schon dort standen, und bauten neue, prächtige, steinerne Häuser. Aber es war nur ein wenig Platz in den Häusern, sie mussten sie dicht nebeneinanderlegen, mit den Giebeln nach den schmalen Gassen hinaus.

Ja, du siehst, Klement, Stockholm übte eine große Anziehungskraft auf die Menschen aus."

Jetzt ward ein anderer Herr sichtbar, der schnell den Gang hinabgegangen kam, gerade auf die beiden zu. Aber der Herr, der mit Klement sprach, winkte mit der Hand, und der andere blieb in einiger Entfernung stehen. Der vornehme alte Herr kam wieder nach der Bank und setzte sich neben den Spielmann.

„Jetzt sollst du mir einen Gefallen tun, Klement", sagte er. „Ich habe keine Zeit, länger mit dir zu sprechen, aber ich will dafür sorgen, dass dir ein Buch über Stockholm zugeschickt wird, und das sollst du von Anfang bis zu Ende durchlesen. Nun habe ich, sozusagen, den Grund von Stockholm für dich gelegt, Klement. Studiere nun selbst weiter und mache dich bekannt damit, wie die Stadt gelebt und sich verändert hat! Lies, wie die kleine, enge, mauerumschlossene Stadt auf den Werdern sich ausbreitete und zu diesem großen Häusermeer wurde, das wir hier unter uns sehen. Lies, wie der dunkle Turm Kärnan das schöne helle Schloss hier unten geworden ist und wie die Kirche der Grauen Mönche die Grabstätte der schwedischen Könige wurde. Lies, wie der eine Werder nach dem anderen sich mit Gebäuden füllte! Lies, wie die Kohlgärten auf Södermalm und Nörrmalm zu Parks oder zu bebauten Stadtvierteln wurden! Lies, wie die Bergrücken abgetragen und die Sunde ausgefüllt wurden! Lies, wie der abgesperrte Tierpark der Könige die liebste Zufluchtsstätte des Volkes wurde! Du musst dich bemühen, vertraut mit Stockholm zu werden, Klement. Diese Stadt ist nicht nur die Stadt der Stockholmer. Sie gehört dir und ganz Schweden.

Und wenn du dann von Stockholm liest, Klement, so denke daran, dass ich die Wahrheit gesprochen habe und dass die Stadt die Kraft besitzt, alle an sich zu ziehen! Zuerst zog der König hierher, dann bauten die vornehmen Herren ihre Paläste hier. Darauf ward einer nach dem anderen angezogen, sodass Stockholm jetzt, wie du siehst, nicht mehr eine Stadt für sich selbst oder für die nähere Umgegend ist. Es ist eine Stadt für das ganze Land geworden.

Du weißt ja, Klement, dass in jeder Landgemeinde ein Gemeinderat abgehalten wird, in Stockholm aber wird der Reichstag für das ganze Volk abgehalten. Du weißt, dass im ganzen Lande in jeder Harde Richter angestellt sind, in Stockholm aber ist ein Gericht, das über alle die anderen das Urteil spricht. Du weißt, dass überall im Lande Reserven und Truppen sind, in Stockholm aber sitzen die, die den Befehl über das ganze Heer haben. Überall im Lande gehen Eisenbahnen, von Stockholm aus wird aber das Ganze geleitet. Hier ist die Oberhoheit für Geistliche, für Ärzte, für Lehrer, für Hardesvögte und Ortsvorsteher. Hier ist der Mittelpunkt dieses Landes, Klement. Von hier kommt das Geld, das du in deiner Tasche hast, von hier kommen die Briefmarken, die wir auf unsere Briefe kleben. Von hier kommt für einen jeden Schweden etwas. Und hier haben alle Schweden etwas zu tun. Hier braucht sich niemand fremd zu fühlen und sich nach Hause zu sehnen. Hier sind alle Schweden zu Hause.

Und wenn du von alledem liesest, was hier in Stockholm vereint ist, Klement, so vergiss nicht das Letzte, was diese Stadt an sich gezogen hat. Das sind diese alten Bauernhäuser auf der Schanze. Das sind Spielleute und Märchenerzähler. Alles, was alt und gut ist, hat Stockholm hier nach der Schanze hinaufgezogen, um es zu ehren und damit es draußen im Volk zu Ehren kommen soll.

Vor allen Dingen aber, Klemmt, vergiss nicht, dass, wenn du von Stockholm liest, du hier an diesem Platz sitzen musst. Du sollst das muntere, glitzernde Spiel der Wellen und die strahlenden grünen Küsten anschauen. Du musst dafür sorgen, dass du von dem Zauber erfasst wirst, Klement!"

Der schöne, alte Herr hatte die Stimme erhoben, sodass sie stark und gebieterisch klang, und seine Augen blitzten. Nun erhob er sich, machte eine Bewegung mit der Hand und verließ Klement. Und im selben Augenblick wurde es Klement klar, dass es ein sehr vornehmer Herr sein müsse, der mit ihm geredet hatte, und er verbeugte sich, so tief er konnte.

Am nächsten Tag kam ein königlicher Lakai mit einem großen roten Buch und einem Brief an Klement, und in dem Briefe stand, dass das Buch vom König sei.
Von diesem Augenblick an war der kleine, alte Klement Larsson viele Tage lang ganz aus dem Häuschen, und es war fast unmöglich, ein vernünftiges Wort aus ihm herauszubringen. Als eine Woche vergangen war, ging er zu Doktor Hagelius und kündigte seine Stellung. Er sei gezwungen, nach Hause zu reisen. „Was hast du da zu suchen? Plagt dich noch immer das Heimweh?", fragte der Doktor, – „Ach nein", sagte Klement, „damit hat es jetzt nichts mehr auf sich, aber ich muss trotzdem nach Hause."
Klement war sehr mit sich zu Rate gegangen, denn der König hatte gesagt, er solle sich mit Stockholm vertraut machen und suchen, sich dort zurechtzufinden, aber Klement konnte es nicht aushalten, ehe er denen daheim nicht erzählt hatte, dass der König ihm dies gesagt habe. Er konnte nicht anders, er musste daheim auf dem Kirchenhügel stehen und vornehm und gering erzählen, dass der König so gut gegen ihn gewesen sei, dass er auf derselben Bank mit ihm gesessen und ihm ein Buch geschenkt und sich Zeit gelassen habe, mit ihm, einem ar-

men, alten Spielmann, eine ganze Stunde zu reden, um ihn von seinem Heimweh zu kurieren. Es war etwas Großes, es den Lappen und den Mädchen aus Dalarna hier auf der Schanze zu erzählen, aber das war doch nichts dagegen, es daheim zu erzählen!

Wenn Klement auch im Armenhause stranden sollte, so würde das nach diesem nicht so hart sein. Er war jetzt ein ganz anderer Mann als vorher und würde auf ganz andere Weise geachtet und geehrt werden.

Und dies neue Sehnen wurde Klement zu stark. Er musste zum Doktor und ihm sagen, dass er gezwungen sei, zu reisen.